Francesc Miralles et Care Santos

Né en 1968 à Barcelone, **Francesc Miralles** est musicien, traducteur, écrivain et journaliste spécialisé en psychologie et en spiritualité. Il débute dans l'écriture avec deux ouvrages pour la jeunesse puis s'intéresse au roman avec *L'Amour en minuscule* paru chez Fleuve Éditions en 2011, ainsi que les thrillers *El cuarto reino* et *La profecía 2013*, longtemps restés dans la liste des best-sellers en Espagne.

Née en 1970 à Mataró, dans la province de Barcelone, **Care Santos** est l'auteur d'une trentaine d'ouvrages de genres variés : livres jeunesse, contes, poésies, romans et recueils de nouvelles. Au cours des dernières années, elle a été récompensée par les plus grands prix de littérature espagnols tels que le Gran Angular, l'Edebé de littérature pour enfants, l'Alandar ou le Carmen Conde de poésie féminine.

Le plus bel endroit du monde est ici, qu'ils ont écrit à quatre mains, a paru chez Fleuve Éditions en 2010.

LE PLUS
BEL ENDROIT
DU MONDE EST ICI

FRANCESC MIRALLES
CARE SANTOS

LE PLUS BEL ENDROIT DU MONDE EST ICI

*Traduit de l'espagnol
par Alexandra Carrasco-Rahal*

Titre original :
EL MEJOR LUGAR DEL MUNDO ES AQUÍ MISMO

Pocket, une marque d'Univers Poche,
est un éditeur qui s'engage pour la préservation
de son environnement et qui utilise du papier fabriqué
à partir de bois provenant de forêts gérées
de manière responsable.

© 2010, Fleuve Editions, département d'Univers Poche, pour la traduction française.
ISBN : 978-2-266-22041-5

Pour Sandra Bruna, toujours magique.

« *N'oubliez pas l'hospitalité ;*
car quelques-uns, en la pratiquant,
ont hébergé des anges à leur insu. »

Épître aux Hébreux, 13, 2

« *Ne pleure pas parce que les choses sont terminées ;*
souris parce qu'elles ont existé. »

L. E. Bourdakian

PREMIÈRE PARTIE

Les six tables du magicien

Sous un ciel sans rêves

Le dimanche après-midi est un mauvais moment pour prendre des décisions, surtout lorsque janvier étend sur la ville son manteau gris à étouffer les rêves.

Iris sortit de chez elle après avoir déjeuné seule devant la télé. Jusqu'à la mort de ses parents dans un accident de la route, peu lui importait de n'avoir personne dans sa vie. Peut-être était-ce en raison de sa timidité maladive qu'elle trouvait presque normal, à trente-six ans, de n'avoir connu sur le plan sentimental qu'un amour platonique non payé en retour et quelques rendez-vous sans suite.

Tout avait changé après ce terrible événement. Ses mornes journées de standardiste dans une compagnie d'assurances n'étaient plus compensées par ses week-ends en famille. À présent, elle était seule et, pour ne rien arranger, elle avait perdu sa faculté de rêver.

Il fut un temps où Iris était capable d'imaginer toutes sortes d'aventures pour donner un sens à sa vie. Elle se figurait par exemple travaillant pour une ONG où un coopérant aussi réservé qu'elle lui promettait tacitement un amour éternel, leurs échanges passant uniquement par des poèmes écrits en un langage codé qu'eux seuls pouvaient déchiffrer, retardant ainsi le moment sublime où ils se fondraient en une étreinte interminable.

Ce dimanche-là, pour la première fois, elle prit conscience que tout cela aussi était terminé. Après avoir débarrassé la table et éteint la télévision, un silence oppressant s'abattit sur son petit appartement. Elle eut l'impression de manquer d'air, ouvrit la fenêtre et contempla le ciel plombé, sans oiseaux.

Un sentiment de fatalité l'accabla dès qu'elle fit un pas dans la rue. Elle n'allait nulle part, mais elle avait le pressentiment qu'une chose terrible la guettait et l'aspirait déjà dans un abîme.

Comme chaque dimanche, le quartier résidentiel où elle habitait était désert, aussi esseulé que son âme. Sans savoir pourquoi, elle s'achemina tel un automate en direction du pont sous lequel circulaient les trains de banlieue.

Un vent glacé et sifflant lui fouettait les cheveux tandis qu'elle contemplait la fosse sillonnée de rails qui ressemblaient à des balafres étincelantes. Iris consulta sa montre : 5 heures du soir. Bientôt passerait le train qui se dirigeait vers le nord. Le dimanche, il y en avait un toutes les heures.

Elle savait que, trois secondes avant qu'il surgisse, le pont tremblerait comme sous l'effet d'un petit séisme. Juste le temps de se pencher dans le vide et de se laisser entraîner par la force de gravité. Un vol rapide jusqu'au convoi qui la percuterait avant même qu'elle ne touche terre.

Tout irait très vite. Que représentait un instant de douleur auprès de toute une vie d'amertume et de désillusion ?

Elle était simplement attristée à la pensée de tout ce à quoi elle devrait renoncer et bizarrement contrariée par les désagréments qu'elle occasionnerait aux usagers. Le service serait longuement interrompu pendant que son corps sans vie attendrait l'arrivée du procureur et du médecin légiste. Par chance, il y avait peu de passagers le dimanche et ils n'étaient généralement pas très pressés. Ce contretemps ne leur ferait rater aucun rendez-vous important, se rassurait-elle.

Alors qu'elle réfléchissait à tout cela, le pont commença à trembler et elle sentit son corps ployer spontanément vers l'avant. Elle était sur le point de fermer les yeux pour se préparer à la chute quand, dans son dos, une détonation l'arrêta net.

Iris se retourna, le cœur transi, et vit un enfant d'un peu plus de six ans brandissant les restes du ballon de baudruche qu'il venait de faire éclater pour l'effrayer. Il la gratifia d'un bref éclat de rire avant de redescendre la rue en courant.

Iris le suivit du regard et une sueur froide lui inonda la nuque et les mains. Elle aurait voulu le rattraper. Non pas pour le gronder, comme se l'imaginait le petit, mais pour le prendre dans ses bras et le remercier de lui avoir sauvé la vie.

Avant qu'elle ait eu le temps de réagir, une grosse femme surgit du coin de la rue, les joues en feu :

— Angel ! vociféra-t-elle.

L'enfant courut se réfugier dans les jupons de sa

mère et regarda Iris d'un œil inquiet, craignant probablement qu'elle ne dénonce son espièglerie.

Mais Iris n'y songeait pas le moins du monde. Elle se contentait de pleurer à chaudes larmes, car elle commençait à comprendre ce qu'elle avait été sur le point de faire.

Quand les larmes eurent cessé de brouiller sa vue, la jeune femme remarqua soudain, à l'angle de cette rue où elle passait si souvent, un café qu'elle n'avait jamais vu auparavant.

Il a dû ouvrir récemment, se dit-elle, quoique l'aspect de l'établissement n'allât pas du tout dans le sens de cette hypothèse.

Il aurait pu passer pour une de ces tavernes irlandaises si semblables les unes aux autres, mais l'endroit avait un cachet authentique qui le rendait unique en son genre. À l'intérieur, deux suspensions aux lumières jaunâtres pendaient au-dessus des tables de style rustique. Il y avait beaucoup de clients, pour un dimanche après-midi.

Toutefois, ce qui surprit le plus Iris fut l'enseigne lumineuse qui clignotait au-dessus de la porte d'entrée à un rythme syncopé, comme si elle s'efforçait d'attirer son attention. Iris s'arrêta un instant et lut à voix basse :

LE PLUS BEL ENDROIT DU MONDE EST ICI

Des nuages qui passent

Cet étrange nom paraissait bien long pour un café, mais c'est peut-être ce qui excita sa curiosité naturelle et la poussa à y pénétrer. Lorsqu'elle eut franchi le seuil, nul ne leva les yeux sur son passage, ni ne sembla remarquer son entrée.

Un homme à l'automne de sa vie et à l'abondante chevelure blanche se tenait seul derrière le bar. Il salua son arrivée d'un sourire, signe universel d'hospitalité.

Sur six tables, cinq étaient occupées par des couples ou des groupes d'amis. Ils bavardaient à voix si basse qu'on les entendait à peine.

Ce secteur du quartier étant toujours fréquenté par les mêmes personnes, Iris fut étonnée de constater qu'elle ne connaissait aucun des clients présents. En fond sonore, elle reconnut une vieille chanson des Beatles qu'elle avait beaucoup aimée dans son adolescence.

And in the end, the love you take is equal to the love you make[1]...

Elle demeura un instant debout à écouter ce morceau qui ravivait des souvenirs aussi doux que lointains. Elle s'apprêtait à ressortir de l'établissement lorsque l'homme aux cheveux blancs l'invita d'un geste à s'installer à la table libre.

Iris n'osa pas refuser.

Peut-être se sentait-elle obligée de consommer après avoir écouté la musique ; elle s'assit donc sagement à la table indiquée et commanda un chocolat chaud.

Au morceau énergique des Beatles succéda une ballade langoureuse de Leonard Cohen : *I'm your man.*

Tandis qu'elle portait le chocolat chaud à ses lèvres, Iris éprouva soudain un sentiment de bien-être. En quelque sorte, elle avait l'impression d'être accueillie par ces inconnus du café qui se parlaient en susurrant.

Elle ferma les yeux à demi tout en traduisant dans sa tête la chanson de cet auteur interprète québécois qui – elle l'avait lu dans un magazine – avait travaillé comme cuisinier dans un temple zen avant de faire son *come-back* sur scène. La ballade disait à peu près ceci : « Si tu veux un médecin, je t'examinerai sous toutes les coutures. Si tu veux un chauffeur, tu peux monter à bord. Ou si tu veux m'emmener faire un tour, sache que c'est possible car... »

— ... je suis ton homme.

Iris rouvrit les yeux en sursautant.

Elle avait d'abord cru entendre cette voix grave et

---

1. Et à la fin, l'amour qu'on reçoit équivaut à l'amour qu'on a créé... *(N.d.T.)*

masculine résonner dans son esprit, mais un homme en chair et en os était assis à sa table, juste en face d'elle. Il la contemplait d'un air intrigué, le menton légèrement appuyé sur le dos de sa main. Il devait avoir à peu près son âge, même si ses cheveux grisonnants lui conféraient un air plus mûr que ne le laissait penser sa peau exempte de rides.

La réaction appropriée serait d'exiger son départ immédiat, se dit-elle. *Les règles élémentaires de politesse veulent que, même dans un établissement bondé, on demande la permission avant de s'installer à une table occupée.* Pourtant, au lieu de protester, elle ne put s'empêcher de l'interroger avec stupeur :

— Comment avez-vous deviné…

— … que tu traduisais la chanson ? s'enquit la même voix qu'elle avait entendue les yeux clos. Rien de plus normal dans ce café et à cette table.

Iris resta un instant bouche bée, avant de reprendre :

— Qu'est-ce que tu veux dire par là ?

Aussitôt elle regretta son tutoiement, mais, inexplicablement, cet homme lui inspirait confiance. Elle avait l'impression qu'il ne lui était pas totalement inconnu.

— Nous sommes dans un endroit particulier, répondit-il en montrant le bar. Le propriétaire de ce café n'est pas un homme comme les autres.

Elle attendit en silence qu'il poursuive. L'inconnu baissa encore d'un ton puis continua :

— C'est un illusionniste. L'un des meilleurs. Et puis, attention, il a de l'entregent. Il a connu un grand succès à une époque, mais il s'est retiré il y a déjà pas mal d'années…

— Un illusionniste ? répéta-t-elle.

— Oui, c'est ça, un magicien. Un prestidigitateur à l'ancienne. C'est lui qui t'a servi le chocolat.

Étonnée, Iris dirigea machinalement son regard vers le bar. L'homme aux cheveux blancs acquiesça d'un mouvement de tête et sourit en guise de confirmation. Elle l'observa plus attentivement : il était occupé à essuyer plusieurs dizaines de verres. Il avait un je-ne-sais-quoi de très particulier, même lorsqu'il se livrait à une activité aussi triviale que celle-là. Iris se rendit également compte que ses mouvements n'étaient pas ceux d'une personne âgée, comme si son corps conservait la vivacité de sa prime jeunesse. À la fois décadent et distingué à l'instar des beaux messieurs sur les photos anciennes.

Le jeune homme aux cheveux gris poursuivit ses explications :

— Si le propriétaire est particulier, son café l'est tout autant. Chaque table comporte une propriété étrange.

— Laquelle ?

— Disons qu'elle est douée d'une certaine magie.

Iris était convaincue que l'inconnu la menait en bateau, comme les adultes le font avec les enfants. Elle remarqua qu'il portait une bague au pouce. Elle n'avait connu qu'une personne qui portait des bagues à ce doigt-là : son propre père. Grâce à ce détail insolite, elle se sentit subitement à l'aise. Mieux encore : tout à coup, cela lui plaisait que cet homme au léger accent étranger la fasse marcher.

— Ah bon ! Quelle propriété magique possède donc cette table à laquelle nous sommes assis, par exemple ? s'enquit-elle.

— La personne qui occupe ma place peut deviner

les pensées de celle qui occupe la tienne. Voilà comment j'ai su que tu traduisais la chanson de Cohen.

— N'importe quoi ! répliqua-t-elle avec une assurance qui ne lui était pas coutumière. Tu as dû lire sur mes lèvres que j'étais en train de la fredonner, alors tu as voulu faire le malin.

— Tu veux une autre preuve ? riposta-t-il, amusé, tandis qu'il s'adossait à sa chaise. La voici : à cet instant précis, tu es en train de te dire que tu ne m'as jamais vu dans le quartier. Tu te demandes ce que je fiche là et d'où je viens, car, même si je parle bien ta langue, tu trouves que j'ai une drôle d'intonation.

Il allait de soi qu'Iris connaissait ses voisins de vue et que lui-même était conscient de son accent étranger. C'était une question de logique et non de magie. Cependant, pour ne pas le décevoir, elle décida de mettre en pratique une maxime apprise à l'école de journalisme : « Ne laissez jamais la réalité gâcher une bonne histoire ! »

Elle demeura pensive quelques secondes. Toute cette mascarade était peut-être un vieux truc de séducteur professionnel.

— Je suis également au courant pour la bague, bien sûr, ajouta alors son compagnon de table.

— Quelle bague ? dit-elle, bouche bée, sentant son pouls s'emballer.

— Je sais que je t'ai rappelé une personne chère à ton cœur. Tu te demandes si, outre la bague que je porte, j'ai d'autres ressemblances avec lui. Je sais aussi qu'il t'a récemment quittée pour toujours et que son absence te chagrine énormément.

Feignant l'indifférence, Iris sirota son chocolat à petites gorgées, avant de répondre :

— Je vois que j'ai intérêt à faire attention à ce que je pense.

— Je ne dirais pas ça. En soi, les pensées ne sont ni bonnes ni mauvaises, tu sais.

— Qu'est-ce que tu veux dire par là ?

— D'après les spécialistes, nous élaborons chaque jour environ soixante mille pensées. Positives ou négatives, banales ou profondes, il n'y a pas à les juger : elles sont comparables à des nuages qui passent. Nous sommes responsables de nos actes, pas de nos pensées. C'est pourquoi, lorsqu'une idée t'angoisse, apposes-y l'étiquette « pensée » et laisse-la filer.

Il parle bien, ce type, songea Iris tandis qu'elle se demandait, intriguée, s'il pouvait effectivement lire dans son esprit.

— Pour répondre à ce que tu pensais tout à l'heure, reprit-il, tu as donné dans le mille : je ne suis pas de ce quartier, ni de ce pays, d'ailleurs. Il m'arrive même de me demander si je suis bien de cette planète, si je ne viens pas plutôt d'un monde lointain, si je ne suis pas tombé ici par accident. Un accident si terrible que j'en ai oublié mes origines et que, pour m'en souvenir, je n'ai plus qu'à attendre que mon vaisseau revienne me chercher.

Iris riait intérieurement en l'écoutant. S'il cherchait à la séduire, il avait en tout cas gagné sa sympathie.

— Tu sais comment tu t'appelles, au moins ? intervint-elle.

— Luca.

— C'est un prénom italien, ça, comme ton accent, observa-t-elle sans lui révéler le sien. Il y a des Italiens sur d'autres planètes ?

— Tout est possible, répondit-il avec un sourire

mélancolique. Mais, pour être franc, je m'en fiche un peu. Je sais seulement que toi et moi sommes en ce moment même dans ce café.

Iris poussa un soupir avant de répéter à voix haute le nom du bar :

— Le plus bel endroit du monde est ici.

Petit chien cherche grand amour

Après ce qui lui était arrivé le dimanche après-midi, Iris commença la semaine avec un demi-sourire aux lèvres. Tout à coup, tenir le standard téléphonique d'une compagnie d'assurances n'était plus à ses yeux un sort si atroce. À force de répondre toujours aux mêmes questions, elle parvenait à penser à autre chose tout en parlant.

La matinée lui sembla plus courte que d'ordinaire, à se remémorer son après-midi en compagnie de Luca dans ce café inespéré.

Même ce travail ennuyeux avait ses mystères. Une chose étonnait Iris depuis longtemps : ce que l'on appelait les « oasis sans appels ». Après de longues heures de coups de fil ininterrompus aux différents agents de la compagnie, les appareils se taisaient subitement, et ce sans raison apparente. Comme si un ange était passé.

L'oasis pouvait durer jusqu'à deux minutes, après quoi le standard recommençait à clignoter sous le coup d'une nouvelle averse d'appels.

Comme à son habitude, Iris profita de cette pause au milieu du vacarme pour feuilleter un des journaux gratuits qui circulaient entre les bureaux. Elle commença par les dernières pages, consacrées aux programmes de télévision et au sport. Après avoir lu les titres de la rubrique « Société », elle s'arrêta sur une petite annonce au bas de la page qui avait éveillé sa curiosité.

**PETIT CHIEN
CHERCHE GRAND AMOUR**

Une illustration d'un petit chien en attente d'adoption, sous laquelle figurait un numéro de téléphone, rappela des souvenirs agréables à sa mémoire. Il ressemblait à un petit corniaud qu'elle avait connu des années plus tôt. C'était dans une auberge de montagne où elle avait passé le plus beau week-end de sa vie.

Elle remercia l'animal de la petite annonce d'avoir ravivé un moment oublié de sa vie. Au milieu de l'oasis, elle ferma les yeux pour tenter de retrouver ces jours bénis.

Iris avait seize ans et elle était partie quatre jours en classe de neige avec son école. À 3 heures du matin, elle était montée dans un car chargé de skis et de chaussures de ski, dont les passagers n'avaient pas franchement envie de dormir.

La jeune fille ne savait pas skier. Toutefois, elle désirait ardemment voir la neige de près. Elle en avait déjà vu tomber dans sa ville, mais ça n'avait pas tenu. Ce serait la première fois qu'elle entrerait dans un monde entièrement blanc.

Le paysage hivernal la ravit, mais, hélas, les descentes à ski à travers les jolis pins ne durèrent pas longtemps. Tandis qu'elle dévalait une piste pour débutants en chasse-neige, elle fit un faux mouvement et s'affala à plat ventre sur la neige, se tordant la cheville. Allongée sur ce lit immaculé, Iris avisa une silhouette orange qui slalomait à toute allure, volant quasiment jusqu'à elle.

Le secouriste devait avoir un peu plus de vingt ans. Lorsqu'il se pencha sur elle pour s'enquérir de son état, elle sut que ce garçon au visage un peu large lui plaisait. Après lui avoir retiré sa chaussure, il empoigna son pied gelé pour le faire pivoter très délicatement. Au moment où Iris poussa un cri de douleur, le garçon lui dit :

— Je crois que tu t'es cassé la cheville.

Il la prit aussitôt dans ses bras pour la descendre en marchant jusqu'à un poste de secours au pied de la piste. Iris avait la sensation d'être une princesse dans les bras de son prince charmant, même si la tenue orange de celui-ci n'avait rien d'enchanteur. Arrivée en bas, elle était déjà amoureuse de son secouriste.

Au grand étonnement de ses camarades, elle refusa de rentrer chez elle pour être soignée par un médecin de ville. Elle préféra rester jusqu'à la fin du séjour dans le lit de l'auberge, avec un bandage provisoire et des anti-inflammatoires.

Le lendemain matin, après le petit déjeuner, bâtons et skis sur l'épaule, ses camarades s'absentèrent jusqu'au milieu de l'après-midi. Même si elle pouvait à peine bouger et que la douleur la lançait par intermittence, elle frissonnait de bonheur car Olivier – c'était le prénom du secouriste – lui avait promis de lui apporter un bol de soupe et du pain frais à midi.

Ce fut une brève visite qu'elle attendit le cœur palpitant d'émotion. Était-il vrai, comme le disait le Petit Prince au renard, que le bonheur consistait à pouvoir espérer le bonheur ?

Il ne se passa rien de particulier entre eux car Olivier gardait une distance polie et n'était guère bavard, mais Iris vit dans ce simple geste une avalanche d'amour.

Le lendemain, lorsqu'il fit son apparition à la porte avec son anorak orange et tenant un bol à la main, il était suivi par un petit chien très semblable à celui qu'elle venait de voir sur l'annonce. L'animal courut jusqu'au lit d'Iris, grimpa sur ses genoux et s'ébroua bruyamment pour se débarrasser de la neige.

En constatant que le chiot l'avait saupoudrée de blanc, Olivier entra dans une colère noire et voulut chasser le corniaud d'un geste de la main.

— Non, je t'en prie ! le supplia-t-elle. Laisse-le rester un peu près de moi. Il est gelé !

Le secouriste, amusé, regarda le chien se blottir fièrement dans le giron de sa protectrice.

— C'est un vrai chien de salon, dit son maître en souriant. Je passerai le récupérer d'ici quelques heures, quand j'aurai terminé mon service. Sois sage, Pilof! ajouta-t-il avant de quitter l'auberge en refermant la porte derrière lui.

Iris avait réussi son coup : Olivier reviendrait chercher son chien, qui fermait déjà les yeux et, sur le point de s'endormir, poussait des petits gémissements. À présent, en y repensant, elle pouvait presque sentir l'odeur de chien mouillé qui imprégnait alors la pièce.

Une silhouette dégingandée ramena Iris au bureau où toutes les lignes s'étaient remises à clignoter en même temps.

— Qu'est-ce qui te prend ? l'admonesta le superviseur de service. Tu ne vois pas qu'il y a des appels ?

La table du passé

Le ciel s'était dégagé. En rentrant chez elle, Iris ressentit le besoin pressant de passer par le café qu'elle avait découvert la veille. Après une longue journée de bureau, elle commençait à douter de n'y avoir jamais été. Il ne s'était écoulé que vingt-quatre heures, mais le souvenir lui paraissait incroyablement lointain. Et si elle avait tout simplement rêvé ?

Arrivée au coin de la rue, elle fut émerveillée de voir que l'insolite enseigne lumineuse, *Le plus bel endroit du monde est ici*, brillait toujours par intermittence, comme si elle menaçait de s'éteindre d'un moment à l'autre, vivant les derniers instants d'une longue vie tourmentée. Ce soir-là, la température avait chuté brutalement, de sorte que la vitrine était tout embuée.

Tandis qu'Iris essuyait un coin de vitre de la main, elle repensa à la station de ski, au secouriste et au chien. Et si ce souvenir hivernal avait-il contribué à faire baisser la température ambiante ? Ne disait-on pas que le battement d'ailes d'un papillon à Hong-Kong pouvait déclencher un ouragan à New York ? Et si les pensées ressemblaient à un battement d'ailes, légères et néanmoins capables d'influer sur la réalité ?

C'est pas le moment de philosopher, songea-t-elle en collant son nez froid sur la devanture du café pour voir qui se trouvait à l'intérieur. À sa grande déception, le lieu était désert. Même le magicien à la longue chevelure blanche avait abandonné son poste derrière le bar. Soudain, une explosion au-dessus de sa tête lui causa la frayeur de sa vie.

Elle mit quelques instants à comprendre que l'enseigne portant le nom du café avait définitivement brûlé. L'intérieur aussi était plongé dans l'obscurité. Iris ne décela aucun mouvement indiquant qu'on était en train de réparer la coupure d'électricité, ce qui lui fit supposer que l'établissement était tout bonnement fermé.

Elle s'apprêtait à tourner les talons lorsque la porte s'ouvrit et qu'elle vit la blanche crinière du magicien luire dans les ténèbres.

— Pourquoi restez-vous dehors ? lui demanda-t-il d'une voix lugubre. Vous allez geler.

— Il n'y a plus de lumière, voyons !

— Oui, mais pas pour longtemps. Entrez, je vais vous guider.

Il sortit de sa poche une petite lampe plate, comme celles des anciennes ouvreuses de cinéma, puis éclaira une table au milieu du café. Une fois qu'elle se fut assise, il disparut derrière le bar et s'engouffra dans une petite pièce qui devait tenir lieu de réserve. Quand l'homme referma la porte, le noir se fit à nouveau. Iris ne comprenait pas ce qu'elle fabriquait dans un café désert, plongé dans les ténèbres. Qui plus est, où régnait un silence impénétrable. On n'entendait que le petit martèlement sourd d'une trotteuse. À la manière dont cela résonnait, la jeune femme supposa qu'il s'agissait d'une vieille horloge murale.

Elle aurait voulu crier au magicien de lui montrer le chemin de la sortie, lui dire qu'elle souhaitait partir immédiatement, mais le battement de cette aiguille dans son cadran l'hypnotisait.

Tout à coup, une voix familière commença à susurrer devant elle :

— Tic-tac, tic-tac…

— Luca ? s'exclama Iris, effrayée. C'est toi ?

— Non, je suis l'horloge, répondit ce dernier avec un léger accent italien. Tu n'entends pas ? Tic-tac, tic-tac…

— Arrête de faire l'idiot, protesta-t-elle. On ne t'a jamais dit que tu te comportais comme un gamin ?

— L'obscurité nous ramène tous en enfance. Quand ils sont dans le noir, même les grands magistrats cherchent inconsciemment la main de leur mère. Écoute cette horloge, s'il te plaît.

Déconcertée, Iris se concentra sur le tic-tac de la trotteuse pendant que son mystérieux compagnon gardait le silence.

— On dirait une horloge ordinaire, mais ça n'en est pas une, reprit Luca.

— Pourquoi dis-tu ça ?

— Elle avance à rebours en quête de moments oubliés. Elle est magique.

— Ben oui, comme tout ce qui se trouve ici, répliqua Iris, un brin narquoise. Je suppose aussi que nous sommes à une des tables enchantées du magicien. Où est l'astuce ? Mais je te rappelle tout de même qu'un tour de magie dans le noir, ça n'a aucun intérêt.

— Au contraire, dit Luca. C'est le summum de la maîtrise pour un magicien, car l'obscurité révèle tout.

— Eh bien, moi, je ne vois rien, protesta-t-elle.

— C'est ce qui se produit avec le passé : il est partout, mais il n'est pas visible. Voilà pourquoi il n'est pas facile de s'en défaire. Nous sommes comme un navire immobilisé par son ancre. Ce qui ne veut pas dire que nous ne soyons pas capables de la lever pour reprendre la route.

— Moi, je n'ai pas de route. Je ne sais ni vers où je navigue ni ce qui me retient, confessa Iris. Je suis même incapable de te dire d'où je viens. Comment veux-tu que je lève l'ancre ?

— Peut-être cette table t'apprendra-t-elle à le faire.

— C'est la table du passé ?

— Tu peux lui donner ce nom. Elle t'aidera à retrouver des épisodes que tu croyais oubliés. Si tu tires dessus, tu arriveras jusqu'à l'ancre. En réalité, tu n'en auras pas besoin. Il te suffira de couper la corde qui te relie au passé : le vent de la vie se chargera du reste.

— Allez, arrête de me parler de bateaux. Veux-tu que je te raconte un truc drôle ? s'enquit Iris, se sentant soudain à l'aise dans le noir. Justement, aujourd'hui, je me suis souvenue d'une vieille histoire. Rien d'extra-ordinaire, mais j'ai été très heureuse de la revivre.

— Si ça t'a rendue heureuse, alors c'était une histoire importante. Quand nous enterrons les moments de bonheur, nous renonçons au meilleur de nous-mêmes. Il y a beaucoup de choses qu'on peut jeter par-dessus bord, mais pas ces moments-là.

— Il paraît que la mémoire doit se débarrasser des souvenirs pour pouvoir emmagasiner de nouvelles informations, observa-t-elle. Mais assez dit de bêtises. Je veux la preuve que cette table est capable de faire ressurgir des souvenirs enfouis. Étonne-moi !

Sur ces mots, Iris eut l'impression que quelqu'un ou quelque chose lui frôlait doucement la nuque. Elle resta un moment sans voix. Soupçonnant un tour de son compagnon invisible, elle lui lança :

— C'est toi qui as fait ça ?

Luca ne répondit pas. Derrière elle, la jeune femme entendit un raclement de chaise suivi d'une toux lointaine et d'un murmure quasi imperceptible.

— Pourquoi ne réponds-tu pas ?

La lumière revint juste à ce moment-là.

Iris fut surprise de constater que le café était bondé. Comme si l'obscurité les avait incités jusque-là à agir en secret, le retour de l'électricité les encouragea à monter d'un ton. Le tintement des tasses et des soucoupes recommença. Le magicien avait repris sa place derrière le bar, où il s'affairait à servir des boissons.

Luca, en revanche, s'était évanoui. Avant de se lever, il avait laissé au milieu de la table un petit paquet vertical soigneusement enveloppé qui portait une étiquette avec l'inscription suivante, en lettres d'imprimerie :

PSYCHANALYSTE DE POCHE

Iris sourit devant cet étrange cadeau. Il s'agissait sans doute d'une plaisanterie. Comment un psychanalyste pouvait-il mesurer dix centimètres de haut et quatre de large ?

Elle s'apprêtait à défaire l'emballage pour éclaircir le mystère quand elle aperçut un groupe de vieux messieurs en frac et nœud papillon qui la dévisageaient. Elle jeta un coup d'œil aux autres clients et constata avec étonnement que tous portaient des costumes d'époque et avaient des manières cérémonieuses surgies d'un autre temps.

Elle se rappela alors ce que lui avait dit Luca avant de disparaître dans l'obscurité : « Le passé est partout, mais nous ne le voyons pas. »

Après un regard discret alentour, la jeune femme constata qu'elle ne connaissait personne dans l'assistance.

Iris se leva, désireuse d'ouvrir ce cadeau insolite en privé. Elle glissa le paquet dans sa poche de manteau, fit au revoir de la main au magicien, fort occupé à servir sa clientèle nocturne.

Avant qu'elle ne puisse ouvrir la porte pour sortir, le patron de l'établissement se posta devant elle pour lui demander :

— Vous ne désirez pas prendre un verre ? Aujourd'hui, la maison baisse ses prix en l'honneur de sa clientèle, l'informa-t-il de sa voix grave.

— Si, mais pas ici, eut le cran de répondre Iris. Je rentre chez moi boire un coup de passé.

— Voilà qui me paraît très bien. Du passé au futur, il n'y a qu'un pas. Les maîtres zen ont beau dire, c'est le présent qui n'existe pas.

— Pourquoi dites-vous cela ?

— Tenez, un exemple très simple : la question que vous venez de me poser est déjà du passé. Et la réponse que je vous donnerai est encore du futur. Lorsque vous l'aurez eue, ce sera du passé, et le futur sera ailleurs. Il n'y a pas de temps pour le présent. Nous allons du passé au futur, lequel devient à son tour du passé. C'est la vie !

— Alors, d'après vous... marmotta-t-elle, rien ne se produit dans le présent ?

Le magicien réfléchit quelques secondes avant de répliquer de manière énigmatique :

— Eh bien, en fait, si. Il existe des choses qui appartiennent surtout au présent.

— Ah oui, lesquelles ?

Il parut méditer un instant en caressant sa barbe inexistante. Soudain, tous les clients avaient cessé de discuter et les observaient en silence. Même la lumière semblait avoir changé, comme si elle s'était intensifiée à l'endroit où ils se trouvaient tous les deux. On eût dit que le café était subitement devenu une petite salle de spectacle où le magicien et son assistante s'apprêtaient à réaliser un tour époustouflant.

— La magie a lieu dans le présent, déclara l'homme avec une étincelle dans les yeux.

— Je ne crois pas à la magie, rétorqua Iris.

— Je comprends... répliqua le magicien. J'ai remarqué que votre veste avait des poches, ajouta-t-il après une longue pause.

Iris acquiesça, déconcertée.

— Vous souvenez-vous si elles contenaient quelque chose ?

Elle fronça légèrement les sourcils.

— Je viens d'y fourrer un cadeau que m'a offert un ami, mais...

Le magicien l'interrompit :

— Puis-je vous demander de révéler à ces messieurs ce que vous aviez dans les poches en arrivant ici ?

À ce moment-là, Iris se rendit compte que la nombreuse assistance l'observait. Malgré sa gêne, elle trouva la force de surmonter sa timidité pour se prêter au jeu.

— J'avais les clés de chez moi, quelques pièces et des bonbons, répondit-elle.

— Rien d'autre ? Réfléchissez bien.

Iris acquiesça, sûre de ce qu'elle disait.

— Pourriez-vous vérifier ce qui se trouve à présent dans vos poches ? Commencez par la droite.

Sur un geste d'invitation du magicien, Iris sortit ses clés et les montra au public. Comme elle l'avait dit, elle avait également quatre bonbons enveloppés dans des papiers de couleur et quelques pièces, ainsi que le paquet contenant le psychanalyste de poche que venait de lui offrir Luca.

— Que me répondriez-vous si je vous disais que l'autre poche contient les moments les plus importants de votre vie ?

Cette déclaration très étrange laissa Iris sans voix. Elle fourra la main dans son autre poche et, à son grand étonnement, découvrit qu'elle n'était pas vide. Il y avait là un objet lourd et contondant qu'elle n'avait jamais vu. Il s'agissait d'une montre à gousset au boîtier doré et au cadran en ivoire. Elle marquait 2 heures précises. Quelques années plus tôt, ce devait être une pièce de grande valeur. Aujourd'hui, ses aiguilles étaient rongées par la corrosion et ne tournaient plus.

Le public s'extasia en chœur en voyant l'artefact.

— Cette montre appartient-elle à quelqu'un ici présent ? demanda le magicien en s'adressant au public.

Personne ne répondit.

— Il est donc clair que c'est vous qui en avez

besoin, ajouta-t-il, avant de lui glisser à voix basse :
j'ai cru comprendre que vous vous étiez assise à la
table du passé.

— Mais je n'ai encore retrouvé aucun souvenir
oublié !

— C'est ainsi, avec cette table, expliqua le magicien
en souriant. Elle fonctionne à retardement. Rendez-
vous dans le futur ! N'oubliez pas de consulter la
montre ! Elle vous aidera à comprendre le temps.

Sur ces paroles, le magicien se tourna vers les spec-
tateurs attentifs et conclut à voix haute :

— Veuillez applaudir mon assistante d'aujourd'hui.

Tandis qu'elle recevait une ovation enthousiaste,
Iris sourit, embarrassée, puis elle s'empressa de sortir.

Décidément, cet endroit était encore plus bizarre
qu'elle ne l'avait pensé.

Un psychanalyste de poche

En arrivant chez elle, Iris mit une pizza au four, regardant d'un œil nouveau cet endroit qui avait été son foyer dès son plus jeune âge. Ainsi que l'avait deviné Luca, il était rempli d'objets qui lui rappelaient un passé brisé depuis la mort de ses parents. Outre les photographies de famille, chaque objet évoquait des moments et des lieux qui ne reviendraient jamais.

En ôtant son manteau, elle se demanda s'il ne serait pas plus simple de lever l'ancre et de déménager dans un appartement exempt de toute cette charge émotionnelle. Un lieu où elle pourrait choisir les souvenirs qui l'accompagneraient.

Cela lui rappela la curieuse petite annonce qu'elle avait découpée dans le journal :

PETIT CHIEN CHERCHE GRAND AMOUR

La formule la fit sourire et elle regarda à nouveau

le portrait de l'animal qui ressemblait tant à Pilof. Dans un élan, elle composa le numéro.

Le téléphone sonna trois fois avant qu'une voix posée de femme réponde à l'autre bout du fil, lui expliquant qu'elle appelait dans un refuge pour animaux situé en banlieue.

— Souhaitez-vous adopter un chien ou voulez-vous simplement visiter notre établissement ? demanda aimablement son interlocutrice.

Iris commença par avoir honte d'avoir appelé.

— En fait, le chien qui figure sur l'annonce ressemble beaucoup à celui que j'ai connu quand j'étais toute jeune. J'aimerais le recueillir, dit-elle, étonnée de ses propres mots.

La vieille dame laissa échapper un petit rire avant de répondre :

— Je crains que cela ne soit impossible. Nous n'avons aucun chien de cette espèce. Ce n'est qu'une illustration pour l'annonce.

— Je vois, répondit Iris, déçue.

— Mais nous avons d'autres petits chiens qui cherchent un grand amour. Si vous venez nous voir, je vous les présenterai avec grand plaisir.

— Je vais y réfléchir, promit Iris avant de la saluer et de raccrocher.

Elle sortit ensuite la pizza du four, la coupa puis l'apporta à table. Alors qu'elle mangeait la première bouchée, Iris se rendit compte que l'histoire du chien lui avait fait oublier le cadeau de Luca. Elle le sortit de son sac et retourna au salon, émue. Quoi qu'il contînt, c'était la preuve que Luca existait bel et bien et qu'il avait pensé à elle.

En déballant le paquet, la jeune femme découvrit,

hébétée, un minuscule fauteuil en plastique ainsi qu'un thérapeute en forme de sablier. Sur la boîte, il était écrit : « Psychanalyste de poche. Ne prend pas de vacances au mois d'août ! »

Puis elle retourna l'écrin et lut :

« Tout le monde, un jour ou l'autre, a songé à entamer une thérapie. Mais pourquoi dépenser une fortune chez un psychanalyste alors que vous pouvez en avoir un à domicile, prêt à vous écouter en silence dès que vous en avez besoin ? »

Elle se dit que Luca avait voulu lui faire une blague et extirpa de la boîte un mode d'emploi qui montrait comment positionner le thérapeute de poche pour une mini-consultation de cinq minutes, le temps qu'il fallait au sable pour retomber au fond du sablier.

— Nous allons sonder le passé, lui dit Iris avant de retourner le sablier. Mais je voudrais retrouver uniquement les jolis moments. Le reste peut reposer à jamais dans l'oubli.

Sur ces mots, elle avala une autre bouchée de pizza, puis alla chercher une feuille et un stylo. La jeune femme retourna alors le thérapeute. Elle profita de ce laps de temps pour noter tous les instants, pourtant inoubliables, ensevelis sous le sable de la routine.

CHOSES QUE JE N'AURAIS JAMAIS DÛ OUBLIER

— *Les nuits d'insomnie la veille de l'Épiphanie*[1] *(et comment je courais dans la salle à manger dès 7 heures du matin pour déballer mes cadeaux).*

— *La première balade à vélo sans tomber.*

— *Le voyage en Tunisie avec papa et maman. Ils m'ont raconté que je braillais sur le chemin de l'aéroport pour rentrer, parce que je voulais rester vivre là-bas.*

— *Le baiser que le garçon le plus laid de ma classe m'a volé dans un couloir de l'école.*

— *Olivier et Pilof.*

— *Un film dramatique qui m'a fait pleurer de rire.*

— *Cet amant au camping qui embrassait si bien (dommage que ça n'ait pas duré).*

— *Quand le bulbe que quelqu'un m'avait rapporté de Hollande est devenu une tulipe.*

Le psychanalyste de poche mit alors fin à la séance, le sable occupant à présent le compartiment inférieur. La séance de thérapie avait été brève, mais intense. Iris avait les larmes aux yeux.

— À demain, Docteur, dit-elle.

1. En Espagne, c'est non pas à Noël mais le 6 janvier, jour de l'Épiphanie, que les enfants reçoivent des cadeaux. *(N.d.T.)*

Le pire est aussi le meilleur

Ce mardi-là, Iris décida de prendre un jour de congé à décompter sur ses vacances. Depuis la mort de ses parents, elle n'avait pas manqué une seule fois le travail. Elle aimait l'idée de passer une journée entière à errer dans les rues. Mais son chef de service ne partageait pas cet avis.

— Notre règlement interne est très clair là-dessus, la prévint-il. Il faut poser ses jours un mois à l'avance.

— C'est un cas de force majeure, rétorqua Iris en se retenant de rire. Je dois conclure un processus d'adoption.

Le ton du responsable passa de la stupeur à la curiosité :

— Tu vas adopter en tant que mère célibataire ? C'est un garçon ou une fille ?

— Je l'ignore encore. Je sais juste que c'est un chien.

Puis elle raccrocha, consciente qu'après cette déclaration, elle risquait peut-être de perdre sa place ou, en tout cas, de recevoir un avertissement. Mais à ce moment-là, c'était le cadet de ses soucis.

Ayant découpé l'annonce de l'association protectrice des animaux et noté l'adresse au dos, elle décida de faire un détour par le café. Ce serait son troisième jour consécutif au *Plus bel endroit du monde*, mais la première fois qu'elle s'y rendait le matin.

À supposer qu'il fût ouvert à cette heure-ci, elle se demandait si Luca s'y trouverait. Probablement pas, puisqu'il fallait bien qu'il travaille. Elle se rappela qu'il lui avait dit être italien, mais, hormis ce détail, elle ignorait tout de lui pour le moment.

Or elle voulait savoir.

Sous un ciel dégagé, elle se promena à pas lents, savourant la douceur du soleil hivernal. En traversant le pont qui surplombait la voie ferrée, Iris eut un frisson. À peine trois jours plus tôt, elle avait été à deux doigts de mettre fin à ses jours à ce même endroit. Depuis, aucun changement substantiel n'était survenu dans sa vie. Avoir résisté à la tentation de disparaître lui avait toutefois permis de découvrir le café magique. Et voilà qu'à présent elle était sur le point d'adopter un chien.

La vie a des revirements bizarres, se dit-elle en poursuivant son chemin sans se retourner.

Le café était ouvert et il en émanait une agréable odeur de chocolat et de viennoiseries tout juste sorties du four. Cela éveilla l'appétit d'Iris, qui se sentait de très bonne humeur.

Elle poussa la porte d'un geste décidé et aperçut l'illusionniste en train d'astiquer le comptoir à l'aide d'un chiffon humide.

Parmi la clientèle, Iris reconnut quelques-unes des

personnes qu'elle avait vues les jours précédents. Comme lors de sa première visite, nul ne sembla lui prêter attention tandis qu'elle cherchait une table libre.

Sa recherche ne dura pas longtemps car Luca l'attendait à une table contre le mur. Iris sentit des papillons virevolter dans son ventre. Cela faisait des lustres qu'elle n'avait pas éprouvé cela.

L'Italien leva les yeux et lui sourit tout en tournant une petite cuiller dans une tasse de chocolat dont l'arôme paraissait envelopper tout l'établissement. En face de lui, une tasse identique et une assiette remplie de biscuits semblaient attendre Iris.

— Tu savais que je viendrais ? s'enquit-elle.

Pour toute réponse, Luca sourit. On passa alors une chanson qu'elle aimait bien. Pour la première fois depuis longtemps, elle eut la certitude de se trouver au bon endroit, au bon moment. Elle ne désirait être nulle part ailleurs. Était-ce cela, le bonheur ? Sentir que le plus bel endroit du monde était ici ?

Pendant qu'Iris s'installait, elle écouta le premier couplet de la chanson de Feist, une chanteuse canadienne très à la mode :

> *Secret heart*
> *What are you made of ?*
> *What are you so afraid of*[1] *?*

— Alors ? demanda-t-elle. Que nous propose la table d'aujourd'hui ?

Avant de répondre, Luca porta sa tasse de chocolat à

1. Cœur secret / De quoi es-tu fait ? / De quoi as-tu si peur ? *(N.d.T.)*

ses lèvres. Tandis qu'il avalait une gorgée, Iris admira son pull bleu marine à col roulé d'où surgissait une tête sereine à laquelle ses cheveux grisonnants donnaient un air d'aristocrate bohème.

— C'est la table la plus thérapeutique de cet établissement, dit-il enfin.

— Pourquoi ? s'enquit Iris tandis que le propriétaire lui resservait du chocolat chaud.

— Parce qu'elle nous apprend à trouver la lumière au milieu des ombres. Quand tu t'y assois, tu comprends que le pire qui te soit arrivé peut parfois être le meilleur.

Iris se remémora encore une fois le pont au-dessus de la voie ferrée, le ballon éclaté et sa découverte du café. Cependant, elle feignit de ne pas comprendre. Elle aimait la patience avec laquelle Luca lui parlait : cela lui rappelait les soirs où, enfant, son père lui racontait des histoires pour l'endormir.

— Il y a un an, j'ai lu un article sur ce phénomène, poursuivit-il. Un écrivain japonais racontait l'histoire d'un officier de son pays durant la guerre de Mandchourie. Apparemment, le militaire avait été capturé par les Soviétiques et jeté au fond d'un puits où il ne pouvait s'attendre qu'à mourir de froid et de soif dans l'obscurité. Mais, dans son désespoir, il lui arrivait chaque jour une chose merveilleuse.

— J'ai du mal à concevoir qu'il puisse se passer quelque chose de merveilleux au fond d'un puits, ajouta-t-elle.

— Eh bien, même dans une situation aussi désespérée, cet homme recevait un cadeau chaque jour. Quand le soleil se trouvait pile au-dessus du puits, la lumière en recouvrait entièrement le fond pendant quelques minutes. L'officier décrivait cela comme une explosion d'espoir étincelant.

— Et que lui est-il arrivé ?

— Contre toute attente, quelques jours plus tard, il a été retrouvé par ses camarades, qui lui sauvèrent la vie. Des années après la fin de la guerre, l'officier évoquait encore cet épisode avec nostalgie.

Iris trempa un biscuit dans le chocolat épais et le porta à sa bouche avant de déclarer :

— Je ne comprends pas comment on peut éprouver de la nostalgie en repensant à une expérience aussi terrible.

— Tu as tapé dans le mille ! s'écria Luca avec enthousiasme tandis qu'il posait sa main sur celle d'Iris, qui aurait aimé qu'il l'y laisse pour toujours. C'est justement parce qu'il était dans le désespoir le plus sombre que ce rayon de soleil lui offrait une bribe de félicité. Même si l'officier a réussi à reconstruire sa vie après la guerre, il assurait qu'il n'avait plus jamais éprouvé un bonheur aussi intense que lors de ces quelques minutes radieuses au fond du puits.

— C'est une belle histoire, convint Iris alors qu'elle sentait son cœur battre à tout rompre dans sa poitrine.

— Aussi réelle que la vie même. Elle nous apprend quelque chose sur le bonheur : on ne peut le ressentir dans toute son intensité que lorsqu'on est déjà tombé très bas ou monté très haut, pour la bonne raison qu'il s'agit d'un jeu de contrastes. Ceux qui nagent toujours dans le spectre moyen des émotions ne connaîtront jamais l'essence de la vie. Voilà l'enseignement du puits : il faut parfois toucher le fond pour saisir l'immensité du ciel.

— Tu parles comme un poète. En serais-tu un ? Je ne sais rien de toi.

— Je me contente de répéter ce que d'autres ont dit, répondit-il modestement. Qui plus est, cette table est chargée d'espoir.

Iris adressa un franc sourire à Luca qui lui caressait la main du bout des doigts.

— Et si tu me racontais quelque chose sur toi ? Ça n'est pas juste que tu en saches autant sur moi et moi…

Mais Luca ne semblait pas l'entendre.

— En tant qu'ancien de ce café, je vais te donner des devoirs, la coupa-t-il. Je voudrais qu'à cette table tu passes en revue les pires épisodes de ta vie et que tu tâches de réfléchir à ce qui en est sorti de meilleur.

— J'essaierai d'être une bonne élève.

— Tu l'es déjà, mais avant de commencer, tu dois aller au bar pour demander quelque chose au serveur.

— Au magicien ?

— Ben oui. J'ai entendu dire que vous étiez de bons amis, lança Luca en souriant, tandis qu'Iris rougissait en se rappelant le numéro de magie de la veille. J'aurais bien aimé voir le coup de la montre. Sais-tu que tu es une privilégiée ? Cela faisait très longtemps que le vieux ne nous avait pas présenté un de ses tours de passe-passe.

— C'était assez particulier, balbutia Iris en cherchant l'objet dans sa poche de manteau. Cela dit, la montre qu'il m'a offerte est très bizarre. Elle fonctionne, mais pas vraiment. Regarde.

La jeune femme la posa sur la table. Les aiguilles étaient arrêtées sur 2 heures pile, comme la veille, mais un tic-tac quasi imperceptible émanait du boîtier ; on ne pouvait l'entendre qu'en collant son oreille au cadran, ce qui prouvait que le mécanisme fonctionnait encore à l'intérieur.

— C'est curieux, lâcha Luca en tendant l'oreille. Peut-être cette montre n'est-elle pas destinée à donner l'heure.

Ensuite il leva les yeux et lui rappela :

— Le magicien t'attend.

Iris se rendit compte que l'illusionniste souriait.

— Il veut t'annoncer des bonnes nouvelles, conclut Luca.

— Des bonnes nouvelles ?

— Va le voir, se contenta-t-il de répondre tout en posant un léger baiser sur la main d'Iris avant de la lâcher.

Elle marcha jusqu'au bar avec l'impression de flotter au-dessus du sol. Mais avant de lui demander ce que lui avait dit Luca, elle éprouva le besoin de le remercier pour la veille.

— J'aimerais revoir un de vos tours, lui avoua-t-elle. Celui d'hier était merveilleux.

— C'est impossible, rétorqua-t-il tout en frottant lentement les verres à pied, comme s'il avait tout son temps.

— Pourquoi ?

— Connais-tu le secret de la magie ? l'interrogea le magicien en s'immobilisant tout à coup.

— Pas du tout.

— L'occasion. Il y a un moment propice pour chaque tour. Et je sens que celui d'hier n'est pas près de se représenter. Sais-tu pourquoi ?

Iris haussa les épaules.

— Un tour où rien n'apparaît n'a aucun intérêt. C'est ce que tu t'es dit, non ? Évidemment. Sais-tu ce qui est apparu hier dans ta poche ?

— Une montre.

— Pas exactement.

Iris hésitait à rire. Le magicien affichait une expression grave et gracieuse à la fois, une combinaison déconcertante.

— Alors quoi ? demanda-t-elle.

— Il te faudra le découvrir par toi-même. Maintenant, si je ne m'abuse, je dois t'apprendre quelque chose, n'est-ce pas ?

Là-dessus, l'illusionniste décrocha un tableau derrière les bouteilles et le rapprocha d'Iris pour qu'elle puisse le contempler de près.

Quand la jeune femme l'eut entre les mains, elle découvrit dans un cadre couleur indigo une page de livre pour enfants.

BONNES NOUVELLES

N'oublie jamais ceci : tout sentiment a son pendant. Se sentir malheureux prouve que l'on est capable de se réjouir.

C'est une bonne nouvelle.

Quand tu es seul, tu te rends compte à quel point tu serais bien en compagnie de quelqu'un.

C'est une bonne nouvelle.

Il te faut souffrir pour apprécier le bonheur de n'avoir mal nulle part.

C'est une bonne nouvelle.

Voilà pourquoi il ne faut jamais craindre la tristesse, ni la solitude, ni la douleur car elles sont la preuve que la joie, l'amour et la sérénité existent.

Ce sont de bonnes nouvelles.

Iris, pensive, rendit le tableau au magicien. Lorsqu'elle retourna à la table de l'espoir, elle s'aperçut que Luca était parti.

Elle plongea la main dans sa poche et constata que la montre s'y trouvait toujours, ce qui la rassura. Elle avait appris à ne pas s'impatienter. Elle prit conscience d'une chose : en un seul jour, celui de la veille, deux hommes hors du commun lui avaient offert chacun un instrument destiné à mesurer le temps.

Lorsque le chien
du bonheur te lèche la main

En quittant le café, Iris désirait déjà revoir Luca. Elle était en train de tomber éperdument amoureuse de lui, ce qui l'effrayait car cela faisait bien longtemps qu'une telle chose ne lui était pas arrivée. Les fois précédentes, cela ne lui avait pas vraiment réussi.

Pour Iris, l'amour avait toujours consisté à gravir une montagne escarpée à toute allure puis, une fois au sommet, à tomber dans l'abîme sans que rien ni personne ne la retienne. Elle ne voulait pas revivre ça. D'un autre côté, la jeune femme sentait qu'elle avait déjà franchi avec Luca une sorte de seuil invisible qui lui interdisait de rebrousser chemin. Il lui semblait tout à coup impensable de se passer du café magique et de leurs conversations.

Ce qui ne l'empêchait pas de nager dans un océan de doutes. Était-elle trop réservée ? Devait-elle se montrer plus hardie, plus entreprenante ? Iris avait entendu ses collègues de travail dire que les hommes de son âge manquaient singulièrement de patience. Si la femme qui avait attiré leur attention ne prenait pas un peu les devants, ils se contentaient d'aller voir ailleurs.

Luca était-il un simple séducteur ? Pourquoi ne parlait-il jamais de lui à l'instar de la plupart des hommes ?

Tandis qu'elle réfléchissait à tout cela, Iris arriva au refuge pour animaux situé en banlieue, là où un petit chien attendait le grand amour.

Un concert d'aboiements et de coups métalliques contre les grilles lui indiqua que la colonie de chiens abandonnés était très nombreuse. Et l'endroit, désolé, ne semblait pas recevoir beaucoup de visiteurs.

Après avoir sonné, elle se demanda si la rumeur qui courait sur les fourrières était vraie : ne nourrissait-on vraiment les animaux que pour un temps limité – quelques semaines tout au plus –, sacrifiant ceux dont personne ne voulait ?

Cette terrible pensée s'évanouit lorsque la femme qui lui avait répondu au téléphone se présenta derrière la porte. C'était une vieille dame de soixante-dix ans bien sonnés à l'expression joviale.

— Tu es la jeune femme qui souhaitait adopter un petit chien ? demanda-t-elle.

Iris acquiesça et la dame la conduisit, au milieu des cages occupées par des animaux déchaînés, jusqu'au secteur de la fourrière qui abritait les spécimens de petite taille. Elle dépassa plusieurs caniches au poil miteux et des bâtards qui lui parurent agressifs. Finalement, elle s'arrêta devant la cage d'un petit chien court sur pattes. Il avait une fourrure blanche à taches noires, dont une sur un œil, ce qui lui donnait une allure de pirate.

C'était justement son nom, ainsi qu'elle put le constater quand la vieille dame se baissa pour lui caresser le museau.

— Salut, Pirate !

L'animal se mit à remuer la queue vigoureusement tout en grattant la grille de ses petites pattes.

— Il n'est pas si différent de celui de l'annonce, déclara Iris tandis que Pirate lui léchait les doigts à travers la grille.

Tout en se laissant séduire par ce corniaud efflanqué, la jeune femme se rappela une phrase écrite sur un poster dans sa chambre d'adolescente : « Parfois le chien inconnu du bonheur me lèche la main et je ne sais pas où j'ai mis la laisse. »

— C'est un pur hasard, déclara la vieille dame. Celui-ci est arrivé ce matin, celui de l'annonce a été dessiné par notre vétérinaire il y a un mois. Tu vas le rencontrer tout à l'heure.

Iris décida d'adopter le petit Pirate et la femme lui demanda de remplir plusieurs formulaires, puis de lui verser un don pour les frais de fonctionnement du refuge. Elle l'invita ensuite à s'asseoir pendant qu'elle allait chercher le vétérinaire, qui lui remettrait le carnet de vaccination du toutou et lui donnerait quelques conseils.

Iris demeura quelques minutes dans le petit bureau pendant qu'un chœur d'aboiements, allant des plus aigus aux plus rauques, lui parvenait du dehors, émis par tous ceux qui n'avaient pas eu la chance de Pirate.

Quand la porte s'ouvrit, Iris n'en crut pas ses yeux. Elle avait connu ce vétérinaire bien des années auparavant. Même s'il s'était empâté et sérieusement dégarni, son expression souriante ne laissait aucune place au doute : c'était Olivier.

Les échos de l'amour

— Et tu ne trouves pas hallucinant que je tombe sur lui vingt ans plus tard, justement à cet endroit-là ? demanda Iris à Luca après lui avoir raconté ce qui lui était arrivé la veille.

L'Italien la contemplait avec intérêt tandis que les dernières lueurs du soir glissaient à l'intérieur du café dont les lumières jaunâtres étaient déjà allumées. Comme les jours précédents et même si les autres clients bavardaient allégrement, ils se parlaient suffisamment bas pour qu'on n'entende pas leur conversation.

Alors que Luca tardait à lui fournir sa réponse, Iris aperçut une vieille pancarte en métal à la sortie du café, tout près de l'endroit où ils étaient assis. Elle ne l'avait pas remarquée jusque-là.

ENTRE TRISTE, REPARS HEUREUX

À première vue, la promesse lui parut quelque peu présomptueuse, même s'il était vrai que de petits miracles se produisaient dans ce café.

— Si tu y réfléchis un peu, l'histoire du chien et du secouriste peut s'expliquer simplement, raisonnat-il. Tu as remarqué l'animal de l'annonce parce qu'il ressemblait au cabot que tu avais connu quand tu étais gamine.

— Sacré Pilof ! s'exclama Iris.

— Autrement, tu n'y aurais peut-être pas fait attention, poursuivit Luca. Quant à Olivier, il a dessiné son fidèle compagnon du temps où il travaillait comme secouriste parce que celui-ci devait correspondre à son chien idéal. Tu vois bien qu'il n'y a aucun hasard là-dedans.

— Je ne comprends pas où tu veux en venir.

— Je veux dire que le hasard régit le monde bien plus que nous ne le supposons. Je t'ai expliqué comment tu es retombée sur ton amour platonique d'adolescence, mais il y a plus intéressant encore que le simple fait d'avoir retrouvé ce type dans une fourrière.

— Ah bon ? Quoi ?

— Ce qui compte, c'est de savoir pourquoi tu l'as croisé à ce moment précis et non pas il y a cinq ou quinze ans, par exemple.

Iris tourna le regard vers les longues mains soignées de Luca, tranquillement posées sur la table pendant que son chocolat refroidissait. Elle aurait aimé que ces mains s'animent pour aller s'emparer des siennes, mais son discret compagnon semblait trop occupé à exposer sa théorie :

— Tu as retrouvé Olivier à ce moment de ta vie,

parce que l'heure a sonné pour toi : tu dois régler un problème non résolu.

— Que veux-tu insinuer ? demanda Iris en cessant de boire à sa tasse.

— Le destin est certes mystérieux, mais sage, également. S'il a remis le secouriste sur ta route, c'est pour une raison précise. C'est peut-être à toi de le sauver, aujourd'hui !

Elle eut la désagréable impression que Luca essayait de la pousser dans les bras d'Olivier. Maintenant qu'elle était en train de tomber amoureuse de lui, la dernière chose qu'elle souhaitait, c'était de ressusciter cet amour d'adolescente qui ne l'avait menée nulle part.

— Oublie le vétérinaire, cracha Iris, tranchante. À l'époque, le coup de l'accident de ski, le bol de soupe et tout le tralala m'avaient paru très romantiques, mais quand j'y repense, je trouve ça pathétique. Je ne suis plus franchement une adolescente.

— Pourquoi ça ? s'enquit Luca, amusé.

— Pendant que mes camarades de classe s'amusaient et faisaient la fête, retrouvaient leur flirt le soir, j'attendais comme une idiote l'arrivée du prince charmant. Je me réfugiais dans mes rêves, car je n'ai jamais su me battre pour ce que j'aime.

— … Jusqu'ici, ajouta-t-il. À seize ans, tu n'as pas osé affronter l'amour, voilà pourquoi la vie t'a donné une seconde chance. Tu ne trouves pas cela excitant ?

Iris était furieuse. Elle ne supportait pas qu'un homme – en train de conquérir son cœur – veuille se débarrasser d'elle en la poussant dans les bras du premier venu.

— Je t'en prie, ne te fâche pas, la supplia-t-il. Nous sommes assis à la table du pardon.

— Je ne suis pas fâchée contre toi et je n'ai rien à pardonner à qui que ce soit, rétorqua-t-elle, confuse et perturbée.

— C'est possible, mais je crois que tu as oublié de te pardonner à toi-même.

— Me pardonner ? Pourquoi dis-tu ça ?

— Tu te plains sans cesse de choses que tu n'as pas faites ou mal faites dans le passé, comme si cela t'était d'une quelconque utilité. Pourquoi ne pas te pardonner et reconnaître que tu as fait de ton mieux à chaque fois ? Les gens ont le droit d'évoluer. Il faut bien que les années nous apportent autre chose que des cheveux blancs !

— Tu parles comme un gourou, le récrimina Iris. Et je ne vois pas où est la magie dans cette table du pardon.

— Tu vas bientôt la découvrir, lui prédit Luca, ponctuant sa phrase d'un rire énigmatique. Connais-tu l'histoire du perroquet qui disait « Je t'aime » ?

Elle fit non de la tête. Après quoi elle but le reste de son chocolat en attendant qu'il commence à la raconter. Le titre lui avait plu.

— Je l'ai lue dans le livre d'un pédiatre qui chante des chansons pour endormir les enfants. La voici :

« L'héroïne est une fillette prénommée Béatrice, orpheline de mère et dont le père n'était jamais à la maison parce qu'il travaillait. Après la mort de son épouse, il devint distant et négligea sa fille, qui devint en grandissant une gamine triste et solitaire. À l'école, on la surnommait "Bizartice", parce qu'elle ne voulait jamais jouer aux mêmes jeux que ses camarades.

« Chaque matin, elle prenait son petit déjeuner en silence près de son papa, qui après avoir regardé le journal télévisé partait en courant au bureau. Il travaillait si tard que lorsqu'il rentrait, Béatrice dormait déjà.

« La petite se demandait si son père l'aimait ou si elle était arrivée au monde par hasard. Elle ne lui pardonnait pas de ne jamais l'étreindre, lui faire des bisous, lui dire des mots gentils. Il se montrait très réservé, comme elle, et ne se préoccupait que du quotidien : savoir si elle avait fait ses devoirs ou si elle avait bien pris son goûter.

« Les journées de Béatrice se ressemblaient toutes, jusqu'au matin où un perroquet vint se percher sur les cordes à linge qui donnaient sur sa chambre. L'oiseau s'introduisit dans la maison et la fillette supplia son père de la laisser le garder.

« Aussi froid que prévenant, le père se hâta d'acheter une cage et autorisa la petite à installer l'oiseau dans sa chambre. Le perroquet commença à répéter les mots qu'elle lui apprenait chaque soir en rentrant de l'école.

« Un jour, pourtant, le perroquet fit une chose insolite. Quand Béatrice s'éveilla de bon matin, il lui dit : "Je t'aime !" La fillette en fut très étonnée et s'imagina qu'il avait entendu cette phrase dans une série télévisée qu'il voyait par la fenêtre, chez le voisin.

« Le lendemain matin, quand le perroquet lui répéta : "Je t'aime", elle n'en crut pas ses oreilles car elle était certaine de ne pas lui avoir appris ces mots-là.

« Le troisième matin où l'oiseau lui dit : "Je t'aime", Béatrice décida de mener son enquête. Elle ne comprenait pas pourquoi il ne lui déclarait son amour que le

65

matin, alors que le reste de la journée il se contentait de répéter ce qu'elle lui avait elle-même enseigné.

« Ce matin-là, avant que son père ne parte au bureau, Béatrice courut lui raconter ce mystère au cas où il aurait eu une explication à lui proposer. Pour toute réponse, l'homme faillit s'étrangler et se dépêcha de quitter la maison, sa sacoche à la main. Soudain, Béatrice comprit et fondit en larmes, des larmes de bonheur. Elle comprit que le perroquet répétait chaque matin ce qu'il entendait le soir, quand son père venait la voir dans sa chambre pendant qu'elle dormait. »

La brocante des enfants

Sur le chemin du retour, Iris remarqua une lumière ténue devant le portail de son lotissement. En s'approchant, elle constata qu'il s'agissait de deux spots qui éclairaient un petit vide-grenier organisé par des enfants de son immeuble. Sur de vieux tapis, ils exposaient des jouets électroniques, des figurines, des voitures miniatures et même des CD.

Elle se baissa devant les petits vendeurs et, tout en examinant leur marchandise, leur demanda :

— Comment se fait-il que vous soyez encore dehors à cette heure-ci ?

Un enfant au visage constellé de taches de rousseur, qui habitait juste au-dessus de chez elle, lui répondit d'un air très sérieux :

— Nos parents nous autorisent à rester ouverts jusqu'à 10 heures du soir. Ensuite, on remballe tout et on va au lit.

— C'est une excellente idée ! s'exclama Iris,

souriante. Mais est-ce qu'il ne vaudrait pas mieux faire ça le samedi matin ? Il y aurait plus d'enfants.

— Ça, c'est le vide-grenier nocturne, expliqua une fillette du quartier un peu rondelette. On l'organise tous les premiers mercredi et jeudi de chaque mois. On ouvre quand on revient de l'école et on ferme à 10 heures.

Iris parcourut encore une fois la marchandise du regard et aperçut une petite boîte en carton contenant quelques pièces de monnaie, puis elle demanda :

— Et vous vendez beaucoup ?

La fillette chercha des yeux ses associés qui haussèrent les épaules, ne sachant que répondre.

— Moi, je vais vous prendre ce disque-là, déclarat-elle en attrapant sur le tapis un vieil album des Rolling Stones. Comment a-t-il atterri entre vos mains ?

— Mon père l'avait en double, expliqua le premier enfant auquel elle s'était adressée.

Elle leur demanda le prix, mais les enfants restèrent muets. Après quelques messes basses, la fillette prit une voix chantante pour annoncer un montant très modeste. De quoi s'acheter deux, trois bricoles de rien du tout.

En recevant les pièces des mains d'Iris, les petits brocanteurs ne purent dissimuler leur émotion.

Une fois chez elle, Pirate l'accueillit par une série de bonds qui semblaient invraisemblables pour de si courtes pattes. La jeune femme mit la chanson préférée de son nouveau disque :

> *It is the evening of the day*
> *I sit and watch the children play*
> *Doin' things I used to do*

They think are new
I sit and watch
As tears go by[1]...

Elle constata, amusée, que cette vieille ballade décrivait la scène à laquelle elle venait d'assister. Elle venait en quelque sorte d'en acheter la bande-son.

Après avoir décrit plusieurs cercles, Pirate partit chercher sa laisse sur le canapé et la lui apporta. Iris enfila son manteau pour aller promener son petit compagnon avant de préparer le dîner.

Je ne suis pas aussi seule que je le croyais, se dit-elle alors qu'elle s'apprêtait à sortir. Au *Plus bel endroit du monde est ici* l'attendait son mystérieux ami et, chez elle, un chien qui partageait désormais sa vie.

Avant d'avoir le temps de franchir la porte, le téléphone sonna et Iris dut résister à un coup de laisse de Pirate qui faillit lui faire perdre l'équilibre. À sa grande surprise, c'était Olivier qui, comme un enfant, lâcha sans préambule les raisons de son appel :

— Est-ce qu'on peut se voir demain soir ?

Prise de court par la hardiesse de la proposition, il lui fallut un petit moment pour répondre :

— Il manque un vaccin à Pirate ? En tout cas, ce n'est pas une heure pour...

— Ce n'est pas Pirate que je veux voir, c'est toi, l'interrompit-il. Je voudrais t'inviter à dîner.

---

1. C'est la fin de la journée / Je m'assois pour regarder les enfants jouer / Ils font ce que je faisais / En croyant qu'ils innovent / Je m'assois et je les observe / Tandis que les larmes roulent sur mes joues... *(N.d.T.)*

Cette proposition confirmait les propos de Luca. Apparemment, c'était à son tour de venir au secours d'Olivier. Sans doute pour le principe, elle le rembarra sur un ton tranchant :

— Désolée, je ne peux pas.

— Un autre jour, alors.

— Je t'en prie, n'insiste pas. Et puis, je ne trouve pas ça très correct d'utiliser le numéro d'une adoptante pour la draguer.

Après coup, Iris s'étonna elle-même qu'une telle phrase ait pu franchir ses lèvres. Consciente d'avoir été trop dure avec lui, elle ajouta :

— Peut-être qu'on pourrait aller boire un café un autre jour. Ça te donnera l'occasion de dire bonjour à Pirate.

— Compte sur moi.

— J'ai dit « peut-être ».

— J'aime bien ce mot, ajouta Olivier, que les années avaient rendu plus éloquent. Cela veut dire que tout peut arriver.

Après cette conversation inattendue, Iris se laissa traîner par Pirate jusqu'à la rue, où les brocanteurs nocturnes abandonnèrent temporairement leur boutique pour le caresser.

Tandis qu'elle observait à nouveau la marchandise éclairée par les spots, une idée lui vint :

— Est-ce que vous accepteriez des donations pour votre stand ? demanda-t-elle.

— Comment ça ? l'interrogea la petite rondouillette.

— Eh bien, pourrais-je vous donner des objets dont je ne me sers plus pour que vous les mettiez en vente ?

L'enfant aux taches de rousseur cessa de s'occuper de Pirate pour répondre :

— D'accord. On te donnera la moitié de ce qu'on aura gagné... Si jamais on vend quelque chose.

— Ce ne sera pas nécessaire, rétorqua Iris. En fait, vous me rendrez déjà service en m'en débarrassant.

L'art du haïku

Quand elle entra dans le café magique pour la cinquième fois consécutive, Luca l'attendait déjà à une nouvelle table. Il était en train de remplir un petit bol d'un liquide verdâtre qui coulait d'une théière en fonte. Pour la première fois depuis qu'elle l'avait rencontré, il n'y avait pas de chocolat chaud sur la table.

Lorsqu'il la vit arriver, il remplit très lentement un second bol. L'infusion frappait le fond de porcelaine en émettant un roucoulement caressant pareil à celui d'une douce fontaine.

Iris prit une tasse entre ses mains pour se réchauffer tandis qu'elle demandait au maître du thé improvisé :

— Cette table est-elle réservée à la cérémonie du thé ?

— Pas exclusivement, répondit Luca en humant l'arôme de l'infusion. Rappelle-toi que chaque table a des propriétés magiques. Il faut donc espérer de celle-ci un peu plus que quelques tasses de thé vert.

— Quelle magie nous attend aujourd'hui ? s'enquit-elle en posant les mains sur le bois.

— Cette table transforme en poètes ceux qui s'y assoient.

Luca s'exprima sur un ton si sérieux qu'Iris faillit éclater de rire. Cependant, elle s'en garda bien pour éviter d'interrompre le jeu délicieux qui avait débuté le pire dimanche de sa vie.

— Et si j'étais déjà une poétesse ? lui demanda-t-elle pour le provoquer.

— C'est là toute la question. Tout être humain est poète par nature. Le problème, c'est que la plupart des gens l'ont oublié. Cette table réveille cette faculté qui constitue un besoin aussi élémentaire que de manger, boire ou dormir.

— Ou embrasser.

Dès qu'elle eut prononcé ces mots, Iris le regretta. Son inconscient l'avait trahie, laissant affleurer son désir avant que sa conscience ne puisse la censurer. Cependant, cela ne sembla pas scandaliser le moins du monde son interlocuteur.

— D'ailleurs, la poésie consiste à étreindre la vie même. Nous pouvons être entourés de beauté, mais si nous n'interagissons pas avec elle, notre relation demeurera tiède. Tout comme les amants qui s'excitent mutuellement exacerbent leur désir, pour déployer tous ses charmes, la beauté doit être reconnue.

— Tu parles de manière très… poétique. Quel rapport entre ce que tu dis là et cette table ?

Il martela le plateau de l'index et du majeur, comme un délicat tambour annonçant ce qu'il allait dire ensuite :

— J'y viens. Cette table t'enseignera l'art du haïku. Tu sais ce que c'est ?

Avant qu'elle ne puisse répondre, Luca sortit de sa poche de blouson un minuscule bout de papier et un crayon. Il déposa doucement les deux objets sur la table, du côté d'Iris, puis souleva la théière pour remplir les bols.

— Je sais que ce sont des poèmes japonais ou un truc dans ce goût-là, rétorqua-t-elle. Mais ce papier n'est-il pas trop petit ? On ne peut presque rien y écrire.

— Il a la taille d'une carte de visite.

— Ben oui, justement. Qu'espères-tu me voir écrire dans un si petit espace ?

Luca avait une réponse toute prête à cette question :

— Sais-tu ce qu'a répondu un célèbre investisseur américain quand on lui a demandé sur quoi il se basait pour décider de financer ou non un projet ? Il a dit : « Je ne crois à aucune idée qui ne tienne pas au dos d'une carte de visite. » Il voulait dire par là que si on a besoin de beaucoup de mots pour définir un projet, c'est probablement qu'il ne vaut pas le coup.

— Un argument brillant, mais quel rapport avec la poésie ?

— C'est intimement lié. L'art du haïku est aussi un art de vivre consistant justement à dire le maximum en un minimum de mots. Normalement, les gens font le contraire. Voilà pourquoi la vie leur paraît parfois si difficile.

— C'est-à-dire ?

— Nous avons tendance à utiliser trop de mots, à gaspiller beaucoup de moyens et de temps pour des vétilles. Écrire des haïkus nous apprend à ramener la beauté du monde à sa quintessence. Celui qui maîtrise cet art goûtera chaque gorgée de vie comme s'il s'agissait d'un mets délicieux.

— Ça m'a l'air compliqué. Qu'est-ce que tu veux que j'écrive ? l'interrogea-t-elle en regardant le crayon et le bout de papier. Je ne sais même pas comment se présente un haïku !

Comme s'il s'était attendu à cette nouvelle réaction, Luca échangea un regard avec le magicien, lequel abandonna ses activités derrière le comptoir pour choisir un disque sur une étagère. Quand il l'eut trouvé, il le mit dans le lecteur et une lente introduction au piano se fit entendre.

Iris connaissait déjà cette chanson mélancolique de Matinée, quoique, jusque-là, elle n'eût pas fait attention aux paroles.

> *if you want to learn the art of haikus*
> *sit down*
> *life is what happens beyond you*
> *take pen and white paper if you want to*
> your hands
> *are also a canvas or two*[1]

Pendant que les notes de piano flottaient à nouveau dans le café, Iris se dit qu'elle n'avait pas besoin d'écrire sur la paume de ses mains, puisque Luca lui avait fourni un bout de papier. Le problème, c'était de savoir quoi écrire.

---

1. si tu veux apprendre l'art des haïkus / assieds-toi / la vie se passe au-delà de toi-même / prends une plume et du papier blanc si tu veux / tes mains / sont aussi une toile ou deux *(N.d.T.)*

La réponse résidait dans la chanson à l'harmonie étrange. La chanteuse disait à présent :

> *right now catch a view, a scene, a feeling*
> *three lines*
> *is all you need to depict it*
> *feel how all things flow in the same river*
> *your life*
> *is a raindrop you deliver*[1]

Telle était à peu près la leçon d'initiation à l'art du haïku que délivrait la chanson. Tandis que résonnaient les chœurs, Iris se demandait ce qu'elle pourrait bien écrire pour ne pas décevoir son compagnon.

Luca avait dû remarquer son inquiétude car, alors qu'il portait son bol à ses lèvres, il interrompit son geste pour dire :

— Inutile que tu le composes maintenant. Cette table t'invite à la poésie. Tu n'auras qu'à te laisser aller et le haïku trouvera un moyen de voir le jour.

— Ça ne me paraît pas si facile, avoua-t-elle. Je sais ce que j'aimerais exprimer, mais j'ignore comment. Je vais te faire un aveu : je suis amoureuse.

L'Italien accueillit la nouvelle avec une sérénité qui désespéra Iris. Elle aurait voulu qu'il lui demande de qui elle était amoureuse. Cela lui aurait permis de déclarer sa flamme, de lui dévoiler des sentiments qu'elle avait de plus en plus de mal à contenir. Pour-

---

1. ici même et tout de suite, capture une image, une scène, un sentiment / trois lignes / c'est tout ce qu'il te faut pour les décrire / sens comme toutes choses coulent dans le même fleuve / ta vie / est une goutte de pluie que tu lâches toi-même *(N.d.T.)*

tant, Luca se contenta de lui sourire en silence, comme s'il n'attendait d'elle qu'une seule chose : trois vers sur un bout de papier.

Iris poussa un soupir avant d'ajouter :

— D'accord, j'essaierai de l'écrire, ce haïku.

Crédit ou débit

Un sentiment doux-amer s'emparait d'Iris alors qu'elle promenait Pirate avant le dîner. En un sens, la nouvelle tournure que prenait sa vie devrait la réjouir, pensait-elle.

Non seulement elle avait rencontré quelqu'un qui lui apprendrait ce dont elle avait besoin pour vivre, mais en plus elle avait un petit compagnon à qui donner beaucoup d'amour. Sans compter que l'amoureux de son adolescence avait ressurgi du passé et lui avait téléphoné.

Pourtant, rien de tout cela ne la comblait, car son cœur s'était déchaîné, l'incitant à se jeter dans les bras de Luca même si cette idylle lui semblait impossible. Iris doutait qu'il soit marié ou déjà fiancé, mais quelque chose lui disait que son désir pour lui était voué à demeurer inassouvi.

Le soir même, en rentrant chez elle, Iris avait tenté d'exprimer ce qu'elle ressentait à travers un haïku, mais le bout de papier était resté aussi vierge que lorsque Luca le lui avait donné.

Alors qu'elle réfléchissait à tout cela, elle passa près de la brocante des enfants et l'un d'eux l'interpella pour lui rappeler :

— Eh, tu avais dit que tu avais des choses à nous donner. Dans une heure, on ferme boutique et on ne rouvre pas avant vendredi prochain.

— Tu as raison, répliqua Iris en ébouriffant les cheveux du petit vendeur. Si vous voulez bien monter chez moi, je vous donnerai de quoi enrichir votre stock.

— C'est moi qui y vais ! s'écria la fillette.

Ses deux autres associés formulèrent le même souhait, de sorte qu'ils finirent par se disputer pour savoir qui tiendrait le stand pendant que les autres monteraient dans l'appartement.

— C'est Pirate qui surveillera votre brocante, trancha Iris. Même si son nom n'inspire pas confiance, c'est un bon chien de garde.

Comme s'il avait parfaitement compris la mission qu'on venait de lui confier, le chien s'assit sur le tapis au milieu des jouets et émit quelques aboiements pour tenir à distance les éventuels voleurs.

Rassurés par ce vigile miniature, les trois enfants suivirent Iris jusqu'à chez elle, tout joyeux.

Quand la jeune femme ouvrit la porte et alluma la lumière, elle eut l'impression de revoir toutes ses affaires comme après une très longue absence. Suivant la philosophie des haïkus, elle se demanda comment ramener à sa quintessence tout ce que son appartement contenait, quelles choses étaient à mettre à la colonne crédit de sa vie et quelles autres à la colonne débit.

Une bonne partie de ce qui ornait la maison avait

appartenu à ses parents, qui désormais n'en avaient plus besoin. Pour Iris, tous ces objets la retenaient telle une ancre au port de la douleur.

— Vous pouvez emporter tout ce qui vous plaît. En fait, je vais me défaire de quasiment tous ces souvenirs, annonça-t-elle à l'instant même où elle en prenait la résolution.

Après une brève hésitation, la petite s'empara d'une reproduction métallique de la tour Eiffel, souvenir d'un Noël passé en famille à Paris, il y avait longtemps de ça. L'enfant aux taches de rousseur choisit une vieille flûte dont le père d'Iris jouait quand elle était petite. Le troisième prit un étui un peu clinquant qui contenait un jeu de cartes avec lequel sa mère faisait des réussites.

Curieusement, Iris se sentit soulagée d'être débarrassée de ces objets qui recelaient tant de souvenirs. Elle se dit qu'elle procéderait très prochainement à un grand nettoyage de son passé pour n'en conserver que ce qui était censé l'aider à vivre.

Elle descendit chercher Pirate. Au retour, elle lui servit de l'eau fraîche et des croquettes pour le récompenser de son courageux travail de surveillance. Tandis qu'elle mettait de l'eau à bouillir dans une casserole pour cuire des pâtes fraîches, Iris s'assit dans le canapé, le bout de papier dans une main et le crayon dans l'autre.

Son haïku avait du mal à voir le jour.

Un présent interminable

— Je t'assure, ma vie n'a aucun intérêt, dit Luca qui, ce vendredi après-midi, semblait pour la première fois pressé depuis qu'Iris avait fait sa connaissance.

— Tu sais beaucoup de choses sur moi, le récrimina-t-elle. Plus que personne d'autre. Il est donc légitime que je veuille moi aussi en apprendre davantage sur toi.

— Je crains que tu ne sois déçue.

— C'est à moi d'en juger, tu ne crois pas ?

Luca acquiesça, lui donnant raison. Puis Iris reprit :

— Très bien, alors j'aimerais savoir dans quoi tu travailles.

— En ce moment, je suis en vacances.

— Des vacances en plein mois de janvier ?

— Disons que je n'avais pas pris quelques jours pour moi depuis un bon bout de temps.

— Tu habites près d'ici ?

— J'habite ici ! Est-ce que tu ne m'as pas toujours vu dans ce café ?

Iris fronça les lèvres en une moue :

— Je suis sérieuse. Tu ne veux pas me dire si tu habites le quartier ?

— J'avais un petit restaurant par là, le *Capolini*, mais il n'existe plus.

— Capolini. Ça veut dire quoi ?

— C'est mon nom de famille.

— Ça me dit quelque chose. J'y ai peut-être déjà dîné. Il se trouvait où ?

— Ça n'a plus d'importance.

— Et pourquoi l'as-tu fermé ?

— On avait besoin de moi ailleurs.

S'ensuivit un silence partagé. Iris venait de comprendre :

— Pourquoi n'aimes-tu pas parler de toi ?

— Je te l'ai dit : cela te décevrait. Et je ne veux surtout pas te décevoir.

Iris demeura pensive un instant avant de répliquer au refus obstiné de Lucas :

— Nous sommes à la table du silence ou quoi ?

— Pas exactement.

— Quelles sont donc les caractéristiques de la table numéro six ? l'interrogea Iris, qui souhaitait retrouver l'intimité des jours précédents.

— Il s'agit d'une table secrète, expliqua Luca, le regard un peu triste. Je n'ai pas le droit de te révéler la nature de son pouvoir magique. Tu le découvriras par toi-même le moment venu.

— J'ai l'impression de n'avoir rien le droit de savoir aujourd'hui. Qu'est-ce que je fais en ta compagnie, alors ? Pourquoi nous trouvons-nous ensemble dans ce café poussiéreux ?

— Tu sais bien : le plus bel endroit du monde est

ici, se borna à dire l'Italien qui subitement semblait mal à l'aise.

Le comportement de Luca recelait quelque chose qu'Iris n'était pas encore en mesure de deviner. Et il ne s'agissait pas du seul changement qu'elle avait perçu dans le café magique. Bien que l'on soit vendredi après-midi, la moitié des tables étaient vides. En outre, le mobilier et les murs semblaient avoir vieilli depuis la veille. Comme si plusieurs années, voire des décennies, s'étaient abattues sur eux d'un coup. Les vitres qui donnaient sur la rue étaient si rayées qu'on voyait à peine à travers.

Décidément, il se produisait des choses qui dépassaient l'entendement, ici. Des choses fondamentales qui lui échappaient.

À croire que l'illusionniste avait deviné ce qui se tramait, car il passa près d'elle, lui tapota affectueusement l'épaule et lui susurra à l'oreille :

— Rappelle-toi : il y a une chose qui appartient essentiellement au présent.

Ce message déconcerta encore plus Iris, qui avait l'impression de comprendre de moins en moins ce qui lui arrivait. Cependant, elle s'accrocha à ce que venait de lui dire l'illusionniste pour tenter de sauver son après-midi.

— Il faut que tu m'aides à trouver quelque chose, commença-t-elle. Si j'ai bien compris, la pensée est toujours tournée vers le passé ou vers le futur, n'est-ce pas ?

— C'est ça. Penser, c'est s'extraire du présent pour aller pêcher dans les eaux du passé ou du futur. Pourtant, l'expérience s'inscrit toujours dans le présent. Voilà le hic.

— Ton exposé théorique est parfait, mais j'ai besoin de savoir ce qui, parmi tout ce que nous vivons, appartient essentiellement au présent. Manger, par exemple ?

— J'en doute. Le goût est certes dans le présent, mais l'action de manger implique aussi de faire la cuisine, ce qui relève du passé, sans compter le fait de digérer, qui renvoie au futur.

— Alors, pour vivre dans le présent, il faut trouver une expérience suffisamment forte pour se dispenser de nous projeter dans l'avenir ou dans le passé.

— C'est à peu près ça. Une expérience susceptible d'arrêter le temps, de vivre dans un présent infini.

— Reste à savoir quoi, compléta Iris.

— Les mystiques cherchent à le découvrir depuis des siècles, lui rappela Luca, qui semblait attendre avec intérêt ce qu'Iris dirait après.

— Mais on sait déjà comment nous sommes, nous, les humains, reprit-elle avec une subite assurance. Nous allons chercher ailleurs ce qui se trouve à portée de main. C'est peut-être ça, la magie de cette table, mais je crois que j'ai trouvé un moyen d'arrêter le temps.

— Vraiment ?

— Je sais quel genre de magie existe surtout dans le présent.

Sur ces mots, Iris prit la tête de Luca dans ses mains et rapprocha ses lèvres des siennes. Ce premier baiser dura quelques secondes ou peut-être quelques minutes, mais ils eurent tous deux la sensation d'avoir plongé dans un présent infini.

Comment écrire un haïku d'amour

Le samedi à midi, Iris sortit de son lit, bien décidée à écrire un haïku qu'elle offrirait ensuite à Luca.

Dans l'espoir que ce poème scellerait l'amour qui s'était manifesté entre eux la veille, après un petit déjeuner frugal, elle s'assit sur son lit pour lire un manuel qu'elle avait déniché sur l'art du haïku.

Son auteur, Albert Liebermann, expliquait que ce genre de poème se compose de trois vers très brefs qui décrivent un instant. Cette forme poétique s'attarde sur des détails de la vie quotidienne, aussi bien tirés de la nature que de l'environnement urbain du poète. Elle peut aussi saisir une émotion ou un état d'âme en particulier.

Selon le manuel, le haïku traditionnel doit répondre aux règles suivantes :

1. Comporter trois vers non rimés.

2. Être bref pour permettre de le lire à voix haute le temps d'une respiration.
3. De préférence faire référence à la nature ou aux saisons.
4. Être toujours rédigé au présent ; même si les verbes peuvent être omis, il ne doit jamais renvoyer au passé ni au futur.
5. Exprimer la vision ou l'étonnement du poète.
6. Faire allusion à l'un des cinq sens.

Les explications étaient claires, mais elles n'aidaient nullement Iris à se rapprocher de son objectif, puisqu'elle n'avait pas écrit de poème depuis son enfance. Avait-elle perdu cette poésie innée, propre, selon Luca, à tous les êtres humains ?

Après s'être posé la question, elle poursuivit la lecture du manuel de Liebermann. Visiblement, l'art du haïku visait le plus haut degré de simplicité. Le poète devait peindre la réalité à l'état brut, épurée de tout artifice ou baroquisme.

Avant de former les premières lettres – elle avait troqué son crayon contre un beau stylo-plume – sur le papier que lui avait donné Luca, Iris lut certains des haïkus cités dans le livre. L'un, signé Kito, lui plut tout particulièrement :

> *Le rossignol*
> *un jour il ne vient pas*
> *un autre il vient deux fois.*

Parmi les auteurs classiques, Issa attirait son attention. Il avait écrit des haïkus aussi curieux que celui-ci :

*Voici
devant l'honorable public
le crapaud de ce buisson.*

Iris sourit à cette image. Elle revint ensuite à sa plume et à son papier éclairé par le vaillant soleil de février.

Soudain, elle eut la sensation que tout le reste était en trop (au débit plutôt qu'au crédit). Elle ôta donc son pyjama et ses sous-vêtements pour s'étendre, nue, sur son lit. Les jambes croisées avec le soleil pour allié, elle se sentait à présent prête à donner naissance à son poème.

Elle se rappela la définition que donnait le poète Basho de cet art : « Le haïku est ce qui se passe ici et maintenant. »

Après quoi elle pensa à Luca, et un courant électrique parcourut tout son corps. Il était déjà si présent dans sa vie que, débarrassée de tout sauf d'elle-même, Iris le sentait à la fois en elle et à l'extérieur d'elle.

Tandis que le soleil réchauffait sa peau, Iris comprit qu'elle devait seulement décrire avec humilité l'acte même d'écrire un haïku à la personne qu'elle aimait. Quand la pointe de son stylo-plume se posa enfin sur le papier, son pouls s'accéléra :

*La plume à droite.
Le cœur à gauche.
Et toi partout.*

La sixième table

Iris enfila les plus beaux vêtements qu'elle trouva dans son armoire et quitta son appartement, son modeste haïku dans une poche et la montre donnée par le magicien dans l'autre.

Comme tous les samedis midi, les rues de son quartier étaient désertes, car les familles étaient déjà réunies autour de la table. Quant à Iris, elle s'apprêtait à retrouver celui qui, Pirate excepté, représentait désormais sa famille et toute sa vie.

Elle franchit le pont. En traversant la rue, elle vit avec ravissement la pancarte du café dont les portes étaient ouvertes. À mesure qu'elle approchait, elle ralentissait l'allure afin de savourer son bonheur.

Pourtant, lorsqu'elle franchit le seuil, elle constata qu'il n'y avait encore aucun client. Seul le magicien s'affairait derrière le bar, astiquant des verres. Bien décidée à attendre l'arrivée de Luca, Iris examina les six tables du café. Comme elle s'était déjà assise une fois à chacune d'elles, elle ne savait pas laquelle choisir ce jour-là.

Accoudée au comptoir, elle mit un bon moment avant de se décider, comme si s'asseoir deux fois au même endroit risquait de briser le charme de ce qu'elle avait vécu les jours passés. Hypnotisée par tant de moments uniques, le présent s'éternisa sans que personne d'autre qu'elle ne pénètre dans l'établissement.

L'illusionniste la surveillait du coin de l'œil tout en prenant des bouteilles sur les étagères pour les ranger dans des caisses. Ensuite, il en fit autant avec la vaisselle et les verres.

Sortant de sa rêverie, Iris se rendit compte que le magicien était en train de retirer tout ce qui donnait un sens au bar, lequel se transformerait bientôt en une coquille vide.

— L'établissement ferme ? s'enquit-elle.

— Eh oui ! fit l'homme.

— Mais pourquoi ? Les clients ne manquent pas.

— Ce n'est pas le nombre de clients qui compte, ici, mais ce qu'ils viennent chercher.

Troublée par ce qu'elle venait d'entendre, Iris sortit la montre de sa poche et dit :

— Elle ne marche pas. Quel dommage, elle est si jolie.

— Bien sûr qu'elle marche. Même si ce n'est pas de la manière à laquelle tu t'attends, expliqua l'homme qui paraissait avoir pris un coup de vieux.

Il referma un carton.

Soudain, le sentiment de la fugacité envahit Iris. Elle s'assombrit à l'idée de ne pouvoir empêcher ce qui se passait autour d'elle.

— Vous ne m'avez jamais dit votre nom, déclara-t-elle.

Le magicien s'immobilisa. À croire qu'il avait besoin de réfléchir pour savoir comment il s'appelait.

— Le nom d'un magicien importe peu. Le tout est que son spectacle vaille la peine. C'est ce que le public retient. Quant à nous, on se contente des applaudissements.

Lorsque le magicien en eut fini avec les caisses, il sortit de derrière le bar et se posta devant le regard interrogateur de son unique cliente, qui semblait disposée à camper là.

Il la regarda avec une certaine compassion avant de lui dire :

— Inutile de l'attendre, il ne viendra pas.

— Pourquoi ? demanda Iris, soudain prise de panique.

— Hier, vous vous êtes assis à la table des adieux. Ceux qui s'y installent ne se revoient plus jamais.

SECONDE PARTIE

Le tic-tac de la vie

Un fleuve de tristesse
qui file vers l'océan

De retour chez elle, Iris ne cessait de penser à Luca qui, pour la première fois, n'était pas apparu. Cela la mettait en colère, même si c'était injustifié : après tout, ils ne s'étaient pas donné rendez-vous. Pas plus qu'ils ne l'avaient fait les jours précédents. Pourtant, il avait toujours été là à l'attendre.

Elle comprenait parfaitement les raisons de sa tristesse : même si elle avait du mal à le reconnaître, Iris ne supportait pas l'idée de ne plus revoir Luca.

Elle erra un moment dans les rues désertes de son quartier. La lumière du soleil ne lui semblait plus aussi joyeuse qu'auparavant, le silence du début d'après-midi l'oppressait.

La première chose qu'elle fit en rentrant à la maison, après avoir été accueillie par un Pirate bondissant, fut d'ôter son manteau et de s'enfermer dans la salle de bains. Elle avait besoin de se détendre sous une douche bien chaude. Et de pleurer, aussi.

Pleurer sous la douche était une habitude qu'elle avait prise adolescente, chaque fois qu'elle se sentait incomprise de ses parents. L'adolescence était passée, mais l'habitude lui était restée.

Iris se prépara pour accomplir son vieux rituel contre le désespoir : elle ouvrit le robinet, régla l'eau à une température très chaude et se plaça juste sous le jet du pommeau, les yeux clos et les bras le long du corps. Elle demeura là un bon moment, songeant à toute sa peine qui s'enfuyait par la bonde comme un fleuve qui file tout droit vers la mer. Elle se figura que, lorsque sa tristesse gagnerait les océans, toutes les espèces marines qui la croiseraient se sentiraient soudainement un peu plus malheureuses qu'avant.

Et en imaginant des centaines de baleines déprimées, des milliers de méduses, de dauphins, de phoques tristes à cause d'elle, Iris réussit à retrouver un vague sourire.

Si Luca savait à quoi je suis en train de penser, il me prendrait pour une folle, se dit-elle juste avant de refermer le robinet.

Mais elle avait des choses à faire. La douche « anti-tristesse » avait marché, car elle sentait que le moment de prendre des décisions était venu.

Elle enfila le pantalon en coton qu'elle portait toujours pour traîner à la maison, consulta son agenda et composa le numéro de téléphone de l'agence immobilière du quartier. Lorsqu'elle entendit une voix lui répondre, elle se rendit compte qu'il n'était pas commun de travailler un samedi.

— J'ai cru que je ne trouverais personne, dit-elle, étonnée.

— Je suis arrivée ici il y a quelques semaines seulement. Je ne peux pas me permettre de chômer le samedi.

S'ensuivit un silence gêné, que rompit l'inconnue :

— Je m'appelle Angela. En quoi puis-je vous être utile ?

— Je voudrais vendre mon appartement.

Jamais elle n'aurait pensé qu'elle aurait dit cela avec tant de facilité. Même si elle venait seulement d'en prendre conscience, sa décision avait été prise depuis des semaines. Après avoir été informée de l'accident de ses parents, elle était retournée dans cet appartement désert, mais rempli de souvenirs, et avait compris qu'elle ne pourrait plus continuer à y habiter. Pourtant, il y avait un monde entre formuler une idée et la mettre à exécution.

Iris se souvint de Luca et de son histoire de puits : elle avait su, elle aussi, découvrir un cadeau du ciel au milieu d'une situation désespérée. Ce cadeau, c'était sa décision. Sans qu'elle sache pourquoi, quelque chose commençait à changer en elle.

— Très bien, je prends note, dit Angela. Quand voulez-vous que je vienne le visiter ?

— Le plus tôt possible. Ne pourriez-vous pas passer aujourd'hui ?

— Ce n'est pas l'usage, mais ça m'est égal. Ça me fera sortir un peu de ce bureau étouffant. Dans une heure, ça vous va ?

— Ça me semble parfait.

Contente de ce qui venait de se passer, Iris se décida à écouter son répondeur. La voix métallique l'informa qu'elle avait reçu deux nouveaux messages. Comme elle s'en douta aussitôt, les deux étaient d'Olivier.

— Bonjour, Iris. Je t'appelais pour te proposer de prendre ce fameux café dont on avait parlé. (Il marqua une pause, comme s'il réfléchissait à ce qu'il allait ajouter.) Pour tout dire, plus je repense à notre rencontre après si longtemps, plus je trouve ça étrange. Je voulais savoir si c'est pareil pour toi. Bon (nouvelle hésitation), je suppose que tu me rappelleras. À bientôt.

Iris fit la grimace, agacée. Elle fut tentée d'effacer le message suivant mais finit par l'écouter. Olivier l'avait déposé une heure après le premier :

— J'ai réfléchi et je me suis dit que tu préférais peut-être aller au cinéma. J'attends que tu me rappelles. À bientôt.

Iris ignora l'avant-dernière phrase. Il lui restait encore une chose à faire avant l'arrivée de la fille de l'agence immobilière. Elle chercha le haïku qu'elle avait laissé dans la poche de son manteau, le froissa et le lança dans la corbeille de la salle de bains.

Elle faillit en faire autant avec la montre à gousset, mais au dernier moment elle eut pitié de cette vieillerie dont les aiguilles étaient toujours arrêtées sur 2 heures pile, même si à l'intérieur résonnait encore un lointain tic-tac.

Elle la rangea à nouveau dans sa poche, glissa un disque dans le lecteur du salon, s'assit dans le fauteuil et ferma les yeux.

Elle commençait à se sentir beaucoup mieux.

Le passé des uns
est le futur des autres

— Pourriez-vous m'expliquer pourquoi vous voulez vendre ? s'enquit Angela après avoir vu l'appartement et l'avoir pris en photo sous toutes les coutures.

— Cet endroit appartient au passé, fut l'unique réponse d'Iris.

Angela remplit une fiche de renseignements (description, prix, horaires de visite) et s'engagea à le mettre en vente sur-le-champ.

Alors qu'elle partait, elle s'arrêta sur le palier et lui dit :

— Je pourrai peut-être venir faire les premières visites lundi. Ce quartier est très prisé et des appartements comme le vôtre, ça ne court pas les rues.

— Vous pensez que j'aurai du mal à trouver un acheteur ?

Angela ferma à demi les yeux avant de lancer :

— Le passé des uns est le futur des autres.

Iris acquiesça, satisfaite de la réponse. Jamais elle ne s'était montrée aussi résolue et cela lui plaisait : la jeune femme venait de découvrir qu'elle était encore capable de se surprendre elle-même.

L'étape suivante consisterait à chercher une piste qui la conduirait jusqu'à Luca.

Elle consulta un vieux guide des restaurants de la ville, en quête du *Capolini*. Elle n'y trouva aucune pizzéria de ce nom. Ensuite, elle appela les renseignements téléphoniques où personne ne put l'aider non plus. Elle commença à craindre que Luca ne lui ait menti sur toute la ligne. Mais dans quel but ? Il n'avait pas l'air d'un baratineur.

Étourdie par tout ce qui lui arrivait, elle décida d'aller faire un tour. Elle passerait à son café magique. Un miracle s'était peut-être produit. Après tout, s'il y avait bien une chose qu'elle avait comprise au cours de ces derniers jours, c'était que, dans cet endroit peu commun, tout pouvait arriver. Elle n'aurait pas été particulièrement étonnée de le retrouver exactement comme au premier jour, avec son enseigne clignotante et son ami magicien accoudé au bar à attendre les clients.

Pirate se mit à bondir de joie quand il vit sa maîtresse prendre la laisse, signe qu'ils s'apprêtaient à sortir. Iris se drapa dans son manteau et ils partirent tous deux sillonner les rues du quartier.

Sur le chemin, elle observa plus attentivement que jamais les enseignes de tous les commerces. Elle en cherchait un bien précis, à consonance italienne : le *Capolini*. Mais elle ne trouva rien de tel sur son trajet habituel. En passant sur le pont, elle ne jeta pas l'ombre d'un regard vers la voie de chemin de fer.

Il faisait un froid de canard et la nuit tombait. Quand Iris arriva à l'endroit où elle avait vécu tant d'instants magiques, de confessions, elle pensa d'abord que l'obscurité lui jouait des tours. Elle s'approcha ensuite un peu plus, ne pouvant en croire ses yeux.

Le plus bel endroit du monde est ici avait disparu.

Il n'y avait plus trace de l'enseigne lumineuse abîmée, les fenêtres étaient recouvertes de planches en bois. La porte était verrouillée et les prospectus publicitaires s'entassaient dans la boîte aux lettres. On eût dit que l'établissement était fermé depuis des lustres.

Ça, c'est un vrai tour de magie, se dit Iris, déconcertée. Puis elle tira sur la laisse de Pirate pour qu'il la suive sur le chemin du retour.

Trois mois de vie
pour les menteuses

Le week-end se passa sans histoires. Après une nuit agitée, Iris se leva tard et n'avala quasiment rien de la journée, se contentant de regarder la télévision pendant des heures, la tête ailleurs.

Enfin, le dimanche après-midi, alors qu'elle somnolait sur le canapé, n'ayant rien envie de faire, le téléphone sonna. C'était Olivier.

— Faut-il que je prenne l'excuse des vaccins de Pirate pour te revoir ? demanda-t-il si aimablement qu'elle ne put lui donner une réponse tout à fait franche.

Elle ne lui avoua pas qu'elle essayait de se débarrasser de lui. Ni que le seul homme avec qui elle désirait sortir avait disparu corps et âme sans laisser de traces.

— Je connais un endroit formidable où l'on mange des salades tropicales, l'informa le vétérinaire. Cela me ferait très plaisir de t'y inviter.

— Je suis enrhumée, mentit Iris. Remettons ça à une autre fois. J'ai besoin de me reposer.

— Bien que je n'aime pas l'idée que tu sois malade, cela me soulage, vois-tu…

— Te soulage ? Comment ça ?

— Je suis soulagé de savoir que tu n'es pas en train de m'envoyer paître, dit Olivier. Je te promets que t'avoir retrouvée est la plus belle chose qui me soit arrivée depuis des années. C'est comme un sauvetage. Tu me sauves d'une vie insupportable.

En entendant ces mots, Iris ne put s'empêcher de repenser à ce que lui avait dit Luca à propos de la réapparition d'Olivier. « Le hasard régit le monde plus en profondeur que nous ne le croyons », se rappela-t-elle.

Mue par cette pensée, mais aussi parce qu'Iris se sentait un peu coupable de mentir à Olivier, elle demanda :

— En quoi trouves-tu ta vie insupportable ?

— Je n'ai pas très envie de te le raconter, ça n'a aucun intérêt. (Il marqua une pause.) Il ne t'arrive jamais de t'ennuyer de ta propre vie ?

— J'imagine que si, mais c'est sans doute parce que je fais un travail monotone.

— Ça n'a aucun rapport. Je crois que nous nous lassons de nous-mêmes et de nos routines, aussi fabuleuses soient-elles. Un jour, quelqu'un m'a dit qu'on pouvait guérir de l'ennui en imaginant que notre mort était toute proche. On pourrait peut-être essayer de se dire qu'il nous reste peu de temps à vivre. Se demander comment nous en profiterions.

Cette conversation commençait à ennuyer Iris, mais elle n'osa rien dire. Olivier continuait à parler tout bas, comme s'il avait honte de ce qu'il était en train de proposer :

— Imagine qu'il ne nous reste que trois mois à vivre et que tu les emploies à faire dix choses auxquelles tu ne veux pas renoncer. On pourrait réfléchir ensemble à ces dix choses. Ça te dirait ?

S'ensuivit un silence de mort, plus éloquent que n'importe quel mot qu'Iris aurait pu prononcer.

— Excuse-moi, je deviens lourd avec mes questions métaphysiques. Je ne voudrais pas te soûler avec ça.

Iris se rendit compte qu'elle l'avait vexé et s'empressa de dire :

— Tu ne me soûles pas. C'est simplement que je suis très fatiguée.

— Bien sûr. Désolé. Bonne nuit. Appelle-moi quand tu veux.

Puis il raccrocha.

Iris resta un moment pensive : la timidité d'Olivier le faisait parfois passer pour quelqu'un de fragile. Au fond, c'était toujours le même garçon qu'elle avait connu au refuge, mais vingt ans plus tard. Sous sa carapace d'homme mûr transparaissait constamment le jeune homme peu sûr de lui qu'il avait été autrefois. Une qualité qui lui plaisait chez lui, même si elle ne voulait pas se l'avouer.

Après avoir raccroché, elle n'avait pas la moindre intention de dresser la liste de ses dix priorités, comme il le lui avait proposé. Cependant, à mesure que les minutes passaient, elle constata qu'elle n'arrivait pas à en chasser l'idée de sa tête. Que ferait-elle s'il ne lui restait que trois mois à vivre ? À quoi serait-elle capable de renoncer ou pas ? Un jour, elle avait lu un vieux livre d'aphorismes religieux : « Vis chaque jour de ta vie comme si c'était le dernier. »

Elle prit une feuille, un stylo et commença sa liste :

DIX CHOSES À FAIRE AVANT DE MOURIR

— *Retrouver Luca (ne serait-ce que pour lui dire adieu)*
— *Embrasser quelqu'un que j'aime (et qui m'aime) éperdument*
— *Voir une grosse tempête de neige*
— *Goûter la cuisine japonaise*
— *Rire aux éclats comme une folle*
— *Aller voir un groupe que j'aime en concert*
— *Vendre l'appartement de papa et maman*
— *Donner ma démission*
— *Avoir une véritable amie*
— *Me teindre les cheveux en rouge*

Elle considéra sa liste avec étonnement. En lisant et relisant ses désirs les plus chers, elle eut l'impression qu'aucun d'entre eux n'était vraiment inaccessible et elle eut terriblement envie de se mettre tout de suite au travail pour les réaliser.

Le sommeil la rattrapa sans lui laisser le temps de se demander comment s'y prendre.

Un lundi moins horrible
qu'il n'y paraissait

Comme promis, Angela se présenta chez elle dès le lundi matin en compagnie d'un Allemand de très haute taille qui désirait voir l'appartement. Sa femme et lui, un couple de retraités sans enfants, cherchaient à emménager dans le quartier. Le client demanda à inspecter jusqu'à la dernière tuyauterie et le moindre interrupteur.

— Je tâcherai de les convaincre qu'ils n'en trouveront pas un autre pareil dans ce secteur, lui chuchota Angela pendant que le visiteur jetait un coup d'œil sur la terrasse. Je vous parie que j'y arriverai. Ça ne serait pas la première fois. Vous ai-je raconté qu'avant de travailler dans l'immobilier, j'étais coiffeuse ?

Iris fit non de la tête.

— J'avais une sacrée réputation... Quand une cliente arrivait pour une simple coupe et qu'elle repartait avec des mèches, on savait tout de suite qu'elle était passée entre mes mains.

Iris la crut. Le charisme d'Angela, son exubérance, ne laissaient personne indifférent.

Profitant de ce que l'Allemand s'attardait dans une des pièces pour la mesurer, Iris posa la question qui lui trottait dans la tête depuis des heures :

— Connaissez-vous dans le quartier un café nommé *Le plus bel endroit du monde est ici* ?

— Ça me dit quelque chose, répondit Angela. Où se trouve-t-il ?

Iris lui donna des indications précises sur l'emplacement du café. Avant même qu'elle eût terminé, Angela l'interrompit :

— Ce n'est pas un café, c'est un ancien magasin. Il est inoccupé depuis des années. Vous voudriez le visiter ? J'ai les clés.

Étonnée, Iris n'hésita pas un instant.

— Vous pourriez me le montrer ?

— Bien sûr. Je dirai à mon patron que vous êtes une acheteuse potentielle. Pas de problème. Beaucoup de gens l'ont vu, mais personne n'a accroché.

— Pourquoi ? Quel est le problème ?

— Attendez de le voir et vous comprendrez.

Aussitôt après avoir raccompagné les clients, Iris remplit la gamelle de Pirate et partit au travail, où elle s'attendait à une journée éprouvante arrosée d'une averse de reproches.

Elle ne s'était pas trompée. Depuis qu'elle avait pris un jour de congé pour aller adopter le chien, son chef lui en voulait. Elle le sentait crispé chaque fois qu'elle lui adressait la parole. Heureusement, cela ne se produisait pas souvent.

Par ailleurs, elle s'ennuya autant que d'ordinaire. Il y eut les vagues d'appels alternant avec les oasis habituelles. Au moment où l'ennui atteignit son paroxysme, elle se connecta sur Internet pour écouter la radio et se concentra sur les paroles d'une chanson qui lui plaisait :

> *Dreams are ready*
> *to be true.*
> *Just make them happen :*
> *This life is a blank page*
> *Write here what you want*[1].

À croire qu'il s'agissait de la bande-son de sa propre vie, un appel retentit juste au moment où l'enveloppante mélodie venait de prendre fin.

Elle ne reconnut pas tout de suite la voix masculine qui remplaça la musique dans les écouteurs :

— Je voudrais des renseignements concernant un contrat d'assurance.

— Oui, quel genre d'assurance ? répondit Iris de son ton le plus professionnel.

— Quelle formule me conseillez-vous ? Je suis un homme célibataire en bonne santé. Je conduis une petite voiture et, pour la première fois depuis très longtemps, j'ai terriblement envie de vivre. Et tout ça, grâce à une fille.

Iris reconnut alors la voix.

— Olivier ?

— Il vous faut aussi mon nom de famille ?

— À quoi tu joues ?

— Comme je n'ai pas trouvé d'autre moyen de te

---

1. Les rêves sont sur le point / de devenir réalité. / Laisse-les venir : Cette vie est une page blanche / Écris-y ce que tu veux. *(N.d.T.)*

revoir, j'ai décidé de souscrire une assurance. J'aimerais en parler en tête à tête avec toi.

— Tu es devenu fou !

— Complètement, je te l'accorde. Fou de toi. Quelle police me conseilles-tu ? J'ai pensé qu'une assurance-vie, ça ne serait pas mal. À propos, est-ce que tu as fait tes devoirs ?

— Je ne peux pas parler maintenant, ça bloque le standard.

— Mais c'est un appel professionnel, voyons !

— Il faudrait que je te passe un de nos agents.

— Je n'ai rien à dire à un de vos agents.

— C'est la procédure habituelle. Tu as besoin qu'on te renseigne, non ?

— Je pensais que tu pourrais t'en charger.

— Tu devrais passer dans nos bureaux.

— Affaire conclue ! Tu termines à quelle heure ?

— À 9 heures et demie.

— Je serai là à 9 heures, tu me donnes les informations dont j'ai besoin et ensuite je t'invite au bar hawaïen. Je n'accepte aucune excuse.

Iris souriait, même s'il ne pouvait pas la voir. Elle repensa aux paroles de la chanson et se dit que le moment était venu d'écrire quelque chose qui vaille la peine sur la page blanche de sa vie. D'essayer, en tout cas.

— D'accord, répondit-elle, mais plutôt qu'un sandwich hawaïen, je préférerais manger japonais.

— Parfait. Je suis un expert en sushis et en sashimis. Je te retrouve à 9 heures, princesse.

Jusqu'à la fin de sa journée de travail, le sourire ne s'effaça pas de ses lèvres, pas même lorsque son chef lui reprocha de bloquer le standard en des termes pas franchement courtois.

Un dîner à la lueur
de la bonne fortune

Olivier avait réservé à *L'Ojiro*, un restaurant japonais qui venait d'ouvrir dans le centre-ville.

— J'ai pensé que, pour une occasion pareille, cela valait la peine de nous éloigner de ton quartier, dit-il de sa voix douce dès qu'il eut allumé le moteur.

On était lundi, à une heure où la circulation était fluide. Moins de quinze minutes plus tard, ils avaient franchi la porte de style design de l'établissement pour pénétrer dans un monde totalement nouveau pour Iris.

On les plaça à une table dans un coin. Le menu était écrit en japonais et en espagnol, mais Iris n'y comprenait rien, ni dans une langue ni dans l'autre.

— Choisis pour moi, lui dit-elle, s'avouant vaincue.

L'idée sembla enchanter Olivier. Lorsque la serveuse, dans son élégant kimono, s'approcha, il commanda certains mets proposés sur la carte ainsi que des bières japonaises. Il le fit avec une assurance qu'Iris ne lui connaissait guère jusque-là.

— On prendra d'abord de la soupe *miso*, puis trois plats, comme dans un repas japonais traditionnel, lui expliqua-t-il.

— Trois plats ?

— Oui, j'ai appris ça pendant l'année que j'ai passée à Osaka, lors d'un échange dans le cadre de l'école vétérinaire. Les Japonais accordent une grande importance tant au choix des ingrédients qu'à la présentation. Les trois plats de notre dîner sont élaborés selon trois techniques différentes (il marqua une pause pour la regarder fixement, comme s'il mesurait l'opportunité de continuer ou qu'il avait peur de commettre une bourde, puis reprit) : le premier se sert cru, le deuxième est peu élaboré et le troisième exige une longue préparation. Pour eux, c'est une manière de se rappeler que tout a une valeur dans la vie : ce qui est simple mais précieux, ce que nous pouvons obtenir à court terme et ce que nous mettons beaucoup de temps à réussir. Puis on finit par une tasse de thé vert, amer comme la mort.

— Et comment serait notre dîner s'il n'était composé que d'un plat ? osa demander Iris. Quelque chose de cru, de peu cuisiné ou de mijoté à petit feu ?

— Ça me paraît évident. Nos retrouvailles sont un plat de *nabemono*. C'est-à-dire un succulent ragoût mitonné dans une marmite pendant des heures. Beaucoup plus que cela : ce dîner a nécessité près de vingt ans pour être au point.

— Et après le thé vert, qu'y aura-t-il ? demanda-t-elle sur un ton faussement innocent.

— Ça, personne ne peut le savoir. Ce qui compte,

c'est d'être rassasié quand on est arrivé au thé parce qu'après ça, c'est terminé.

— Que veux-tu dire ?

Iris s'aperçut que leur sujet de conversation donnait une étrange assurance à Olivier : d'une certaine manière, il était transfiguré. Même sa voix semblait plus ferme :

— On ne pourra pas avoir une belle mort si, dans la vie, on n'a pas eu l'estomac bien rempli. Tu sais que certaines personnes sont revenues d'entre les morts pour terminer une chose qu'elles n'avaient faite qu'à moitié ? Avant de partir, il faut faire la paix avec le monde et avec les gens que tu aimes. À commencer par toi-même.

— Tu penses qu'après ça, peu nous importe de mourir ?

— Bien sûr. Quand on a eu une vie bien remplie, la mort est vécue comme un passage naturel. Un thé chaud après un bon repas.

Après quelques secondes de silence, la serveuse revint avec un plateau chargé.

— J'aime bien cette idée de voir la vie comme un repas ! s'exclama Iris. Et moi ? Je suis quel genre de plat, à ton avis ?

Il lui sembla que la voix d'Olivier tremblait comme celle d'un adolescent qui déclare sa flamme pour la première fois :

— Tu es un bol rempli de riz blanc. Quelque chose d'indispensable, de simple mais nourrissant. Ni trop lourd ni trop léger. Précieux par sa nature même, car il a la faculté de s'imprégner de tous les goûts de la vie.

Iris sentit le rouge lui monter aux joues. Cela ne lui était pas arrivé depuis des années.

À côté des deux serviettes chaudes et humides, la serveuse déposa sur la table deux bières Ebisu. Ils se frottèrent les mains et reposèrent les serviettes sur le petit plateau.

Après quoi, Iris remplit les verres et leva le sien.

— Je voudrais trinquer parce que, aujourd'hui, deux de mes vœux se sont réalisés. J'avais très envie de manger japonais pour la première fois, or me voici sur le point de le faire.

— Et quel était l'autre vœu ?

— Donner ma démission.

Olivier prit un air compatissant, pensant qu'Iris en avait besoin.

— Oh, non, ne t'en fais pas ! Je m'en fiche complètement. Et même, il était grand temps que j'ose franchir le pas. Je ne m'en serais jamais crue capable. Il ne me reste plus que huit choses à réaliser avant de mourir.

— Quelle merveilleuse nouvelle ! Buvons à ça !

Après le tintement des verres et la gorgée qui s'ensuivit, Olivier demanda :

— Tu sais à quoi tu vas consacrer ton temps, à présent ?

— Je vais dormir, promener Pirate, rechercher un ami perdu... J'espère aussi vendre l'appartement de mes parents pour emménager dans un endroit où je ne serai pas cernée par le passé. Et, si possible, d'où l'on voit la mer. C'est un de mes rêves.

— Dis donc... Je constate que de grands changements se préparent dans ta vie. J'espère en faire partie.

Iris baissa timidement les yeux.

Olivier lui montra alors l'étiquette de la bière avec laquelle ils venaient de trinquer.

— Cette bière te portera bonheur, tu verras. Tu as remarqué son nom ?

Iris haussa les épaules, laissant entendre que « Ebisu » n'évoquait absolument rien dans son esprit.

— Ebisu est un des sept dieux de la bonne fortune au Japon, expliqua Olivier. Il va sûrement veiller à l'accomplissement de tes huit autres vœux.

J'espère, pensa Iris en buvant une longue rasade de bière de la chance.

Le bout d'un autre monde

Le matin du premier jour de liberté, Pirate l'observa d'un air surpris. Il semblait s'interroger sur les raisons d'un tel laisser-aller. Ne se rendait-elle pas compte qu'ils auraient dû être sortis depuis des heures, comme tous les matins ?

Gagnée par un sentiment de sérénité inespéré, Iris se prépara un thé vert et s'assit à la table de la cuisine pour le siroter tranquillement. Après quoi elle prit une douche, enfila des vêtements confortables – rien à voir avec ceux qu'elle portait pour aller au travail – et attrapa la laisse de Pirate.

En portant la main à sa poche, elle tomba sur la montre abîmée. Elle l'approcha de son oreille pour vérifier si le lointain et étrange tic-tac continuait de résonner. Aussi incompréhensible que cela puisse paraître, quelque chose était encore en vie au cœur de la montre.

Je crois que je vais la faire réparer, se dit-elle tandis qu'elle ouvrait la porte.

La promenade fut plus longue que d'habitude. Comme le parc était quasiment désert à cette heure-là, elle lâcha Pirate pour qu'il renifle les buissons. Iris s'assit un moment pour profiter de la matinée froide et ensoleillée puis s'emmitoufla dans son manteau.

En sortant du parc, elle attacha son chien à un tronc d'arbre et entra chez l'horloger du quartier.

— Elle marche et en même temps elle ne marche pas, expliqua-t-elle au monsieur à la tête de hibou qui l'accueillit derrière le comptoir.

L'horloger prit son temps pour examiner cette antiquité qui venait de tomber entre ses mains. Il saisit la montre à gousset avec une extrême délicatesse, comme s'il s'agissait d'un objet de grande valeur.

— Serait-elle tombée, par hasard ? s'enquit-il.

— Je ne sais pas. Elle était déjà dans cet état quand on me l'a offerte.

L'homme poursuivit son auscultation. Il scruta le cadran à l'aide d'une petite loupe fixée à ses lunettes. Après quoi il écouta le fameux tic-tac quasi imperceptible et chercha un moyen d'ouvrir le boîtier, puis il dit :

— Une minute, il faut que je l'apporte à l'atelier.

Iris attendit dans la boutique vide, avec pour seule compagnie les nombreuses montres et pendules qui battaient la mesure un peu partout. L'horloger revint quelques minutes plus tard, la montre d'Iris à la main, l'air consterné.

— Je ne peux rien faire pour elle, diagnostiqua-t-il. Les pièces qui la composent ne sont plus fabriquées.

— Alors, on ne peut pas la réparer ?

— Non, et même si on pouvait, il vaudrait mieux pas.

— Pourquoi donc ?

— Parce que la personne qui vous a offert cette montre a voulu vous donner un fragment d'un autre monde. Une chose qui n'existe plus mais qui se fait encore sentir.

L'horloger approcha le cadran de l'oreille d'Iris pour lui permettre d'entendre le petit bruit qui parvenait de cet « autre monde ».

— Mais à quoi ça rime d'offrir quelque chose qui ne marche plus ?

— Peut-être le cadeau n'était-il pas visible à première vue. Regardez, dit l'homme en dépliant un bout de papier. J'ai découvert une inscription au dos du cadran. Je l'ai notée ici, au cas où vous souhaiteriez en prendre connaissance. Iris lut :

ABANDONNE LE PASSÉ
ET LE PRÉSENT DÉMARRERA

— Qu'est-ce que ça signifie ? demanda Iris, ébranlée.

— Je n'en ai pas la moindre idée. La seule chose que je sais, c'est que votre ami a voulu vous offrir bien plus qu'une montre.

Les magasins des comptes à solder

La clé grinça dans la serrure, comme si celle-ci n'avait pas fonctionné depuis longtemps. La porte s'ouvrit alors sur une pièce sombre et inhospitalière qui ne ressemblait en rien au café où Iris avait rencontré Luca.

— Voilà le local, dit Angela. Comme tu peux le voir, il n'y a pas trace du café dont tu parlais.

Le sol était recouvert d'une couche de poussière qui amortissait leurs pas. L'air était froid et humide, la pénombre créait une atmosphère mystérieuse. De fait, la lumière ténue qui filtrait du dehors n'éclairait la pièce que sur quelques mètres. Le fond était plongé dans l'obscurité absolue.

— Alors, surprise ? demanda Angela.

— Très.

Iris essayait de comprendre comment un établissement pouvait disparaître complètement et se transformer du tout au tout en si peu de temps. Le portable d'Angela brisa le silence, interrompant ses réflexions.

Iris continua à marcher comme une somnambule pendant que son amie parlait au téléphone.

— Attends une seconde, je n'ai pas de signal, dit-elle en regardant Iris et en pointant le doigt en direction de la rue pour lui signifier qu'elle allait prendre l'appel dehors.

Iris l'excusa d'un geste et continua à fouler le sol poussiéreux. La curiosité et le désarroi l'attiraient vers le fond de la salle.

Elle se rendit vite compte qu'à mesure qu'elle avançait, l'obscurité semblait s'atténuer. Ses yeux s'habituaient à la pénombre et elle put distinguer, tout au fond, un grand rayonnage rempli de boîtes. Il y en avait de toutes les tailles et de toutes les couleurs. Le seul élément d'uniformité, c'était le film de poussière que le temps avait déposé sur elles.

C'est sans doute ce qui reste du magasin dont m'a parlé Angela, pensa Iris en observant les boîtes.

On trouvait des boîtes de toutes les dimensions. Les plus grandes auraient pu contenir un réfrigérateur ou une armoire. Les plus petites, en revanche, étaient grandes comme des boîtes à chaussures. Elle s'aperçut qu'elles avaient chacune une étiquette portant une inscription manuscrite.

Ce sont sûrement des colis à livrer, se dit Iris, pensant quand même que tout cela était bien étrange.

Que pouvaient bien contenir toutes ces boîtes ? Que faisaient-elles là ? Où étaient leurs destinataires ? Leur présence était-elle la raison pour laquelle le magasin ne trouvait pas de nouvel acquéreur ?

Une musique douce parvenait du fond du local. Iris s'arrêta pour écouter, retenant sa respiration. Sur des accords subtils, une voix mélodieuse chantait des paroles qui la concernaient :

> *Where are you going,*
> *I asked,*
> *Suburban Princess*
> *tonight*[1] *?*

Iris aussi se demandait où elle allait, ce que signifiait tout cela, pourquoi elle continuait d'avancer et ce qu'elle trouverait au bout du chemin.

Elle s'arrêta soudain devant le mur du fond. Il y avait là une table semblable à celles qu'elle avait vues si souvent dans le café disparu. Sur la surface en marbre fumait une tasse de chocolat. Il exhalait le même arôme délicieux que les autres fois. Une petite cuiller propre luisait sur la soucoupe.

Sans prendre le temps d'analyser le sens de tout cela, Iris approcha la tasse de ses lèvres et goûta la boisson. L'arôme et la saveur du chocolat lui rappelèrent aussitôt Luca, avec qui elle avait partagé tant de tasses comme celle-ci. Mais cette fois, les circonstances étaient différentes car elle se trouvait seule... L'était-elle vraiment ?

Elle crut entendre des pas approcher dans le noir. Elle tendit l'oreille, un peu effrayée, puis elle reconnut une silhouette familière. Un homme mince et distingué à la chevelure abondante : le magicien.

— Je vois que tu as découvert le magasin des comptes à solder. As-tu trouvé ta boîte ?

1. Où vas-tu ce soir, princesse de banlieue ? ai-je demandé. *(N.d.T.)*

125

Iris était contente de le revoir.

— Qu'est-il arrivé au café ? demanda-t-elle. Pourquoi tout est-il si différ… ?

Mais il l'interrompit d'un geste décidé.

— Il est important que tu trouves la boîte qui porte ton nom.

Iris brûlait d'envie de lui demander des nouvelles de Luca, mais l'attitude du magicien était si autoritaire qu'elle n'osa pas lui désobéir. Intriguée, elle retourna au grand rayonnage et commença à lire une par une les étiquettes sur les boîtes. Il y en avait tellement qu'elle aurait pu passer la journée à chercher la sienne. Heureusement, ce ne fut pas le cas. Après quelques minutes, elle découvrit son nom écrit distinctement sur le côté d'un minuscule paquet qui tenait dans la paume de sa main.

— La voilà ! s'exclama-t-elle, amusée, tandis qu'elle retournait auprès du magicien. J'ai l'impression que je n'ai pas énormément de comptes à régler. Qu'est-ce que c'est ?

— Il faut que tu l'apprennes par toi-même. Mais ne te fie pas à l'aspect extérieur des choses pour juger de leur importance. Il se peut bien que ce petit emballage contienne le monde tout entier.

— Encore un tour de magie ?

— En un sens, oui. C'est ici que les choses qui restent à faire attendent leur tour. Tu dois t'asseoir à cette table, boire ton chocolat et patienter.

— C'est Luca qui a manigancé tout ça ? Il est venu avec toi ?

— Tu ne vas pas tarder à avoir de ses nouvelles. Sois patiente.

Une expression de contrariété assombrit le visage

d'Iris. Le magicien boutonna lentement son gilet râpé avant d'ajouter :

— Profite de ce moment. Et n'oublie pas les paroles de Lao Tseu : « Un voyage de mille lieues commence toujours par un premier pas. »

Iris s'assit devant la tasse fumante et arracha le papier d'emballage.

Le contenu du paquet la troubla : un cœur en chocolat blanc enveloppé dans de la Cellophane. Sur le haut était attachée une étiquette sur laquelle on pouvait lire *Glacier El Centauro,* ainsi qu'une adresse.

Iris fronça les sourcils.

— Je suis censée me rendre à cet endroit ? demanda-t-elle, dans le vide. Eh, oh ! T'es toujours là ?

À la place du magicien, c'est Angela qui lui répondit alors qu'elle venait vers elle en trottinant.

— Excuse-moi de t'avoir abandonnée. C'était un client que je ne pouvais pas... Eh bien ! Je vois que tu as trouvé une des tables de ton café ! Que fais-tu ici, toute seule dans le noir ?

Iris rangea le cœur en chocolat blanc dans la poche de sa veste avant de répondre :

— Tu vois, je buvais un petit chocolat chaud.

— Un quoi... ? Tu as une sacrée imagination, Iris ! Allez, viens, tu vas finir par me convaincre qu'il se passe des choses bizarres dans cet endroit.

La mer du futur

— J'ai quitté le travail plus tôt. J'ai une surprise pour toi.

Olivier parlait d'une voix enjouée et un brin impatiente.

— Ça ne peut pas attendre ? J'avais d'autres projets, dit Iris au téléphone.

L'assurance d'Olivier la déconcerta. Elle ne s'attendait pas à ce qu'il insiste, et encore moins avec une telle énergie. Décidément, il commençait à perdre sa timidité avec elle.

— Il faut que ça soit tout de suite ! Ni la surprise ni moi ne pouvons attendre.

Vingt minutes plus tard, il passa la chercher en voiture chez elle.

Son optimisme contagieux fit oublier à Iris la sensation d'inquiétude que lui avaient laissée le magasin et sa nouvelle rencontre avec le magicien. Elle commençait à comprendre confusément que cet endroit et ses occupants appartenaient à une époque de sa vie bientôt révolue. Olivier, en revanche, représentait l'avenir. Un avenir heureux et chantant à en croire l'impression de bonheur qui émanait de sa personne chaque fois qu'il la voyait.

— Tu es toute pâle, princesse. Tu as un problème ? lui demanda Olivier tandis qu'ils parcouraient la grande avenue en direction du centre-ville.

— Ce n'est rien. J'ai fait une rencontre un peu étrange, tout à l'heure.

— Je comprends. Tu as vu un fantôme ?

— En fait, j'ai l'impression que ma vie tout entière est peuplée de fantômes.

Alors qu'elle prononçait ces mots, elle pensa à Luca. Elle comprit qu'elle n'avait toujours pas renoncé à le revoir et avait hâte que la prédiction du magicien se réalise.

— C'est normal, fit remarquer Olivier. On est toujours entouré de fantômes. L'important, c'est d'apprendre à vivre en bonne entente avec eux.

La fin du trajet se déroula dans un silence pensif. Olivier prit le bord de mer, tourna deux ou trois fois et pénétra dans les rues dégagées d'un quartier de construction récente.

— Nous sommes arrivés, annonça-t-il enfin en garant la voiture devant un immeuble qui avait l'air neuf.

Iris descendit du véhicule et suivit le vétérinaire, qui se dirigea vers une porte vitrée. Il sortit une clé, ouvrit, puis invita Iris à le suivre jusqu'à un ascenseur transparent et très lumineux. Le miroir refléta deux émotions bien différentes : l'enthousiasme quasi infantile d'Olivier et l'étonnement déconcerté d'Iris.

Ils montèrent jusqu'au dernier étage, puis la porte de l'ascenseur s'ouvrit sur un couloir au sol étincelant. Olivier se dirigea vers une des quatre portes du palier, tourna la clé dans la serrure et s'inclina en une révérence théâtrale pour l'inviter à entrer.

— À vous l'honneur ! dit-il, sans cesser de sourire.

Iris pénétra dans un appartement vide, encore jamais habité, dont les radiateurs étaient recouverts d'un film plastique. Elle fit le tour des pièces, intriguée : chambres, cuisine, salle de bains, grand salon avec de grandes baies vitrées.

— Tu n'as pas encore vu le meilleur, lui annonça Olivier en remontant le store.

Ils sortirent sur la terrasse. Neuf étages plus bas, la rue ressemblait à un monde miniature. Devant ses yeux s'étendait l'immensité bleue de la mer. Bien que le ciel, ce jour-là, fût gris, cette image parut à Iris d'une beauté presque surnaturelle. Elle ne put s'empêcher de s'imaginer assise là par une nuit d'été, en extase devant l'horizon.

— Est-ce que cela ressemble un peu à l'appartement de tes rêves ? demanda Olivier en lui prenant les mains.

Iris sourit timidement.

— Il doit coûter très cher, balbutia-t-elle. Et je suis au chômage.

— Le propriétaire est un ami à moi. Il est prêt à le louer à un prix très raisonnable.

Sa voix tremblait légèrement, comme s'il essayait de maîtriser ses nerfs.

Iris se dit que son avenir n'avait jamais été aussi proche. Cependant, cette pensée ne l'effrayait pas tant que cela.

— Je ne sais pas… Il faut que je réfléchisse.

— Bien sûr, princesse. Une décision pareille ne se prend pas à la légère.

Iris sourit. La contemplation de cette mer vigoureuse lui procurait un sentiment d'immense sérénité. Sans détourner les yeux de la surface de l'eau, elle murmura :

— J'ai l'impression que toute ma vie est un combat entre mon passé et mon avenir.

Dès qu'elle eut prononcé cette phrase, elle se rappela les mots de Luca : « Certaines choses n'ont lieu que dans le présent. »

La voix mélancolique et ténue d'Olivier vint abonder dans son sens :

— Tu as raison, c'est ce que nous sommes tous : un nœud de problèmes sans solution apparente.

À propos des anges

Après la visite de l'appartement, Olivier voulut l'inviter à dîner.

Ils se rendirent dans un restaurant italien où Iris ne toucha presque pas à son plat. Non que son compagnon ne se mît pas en quatre pour lui faire plaisir, mais en raison des pensées qui se bousculaient dans son esprit sans lui laisser de répit. Elle ne renonçait pas à retrouver Luca, pourtant elle commençait à se dire qu'il ne s'agissait là que d'une idée fixe absurde. Par ailleurs, elle appréciait de plus en plus la compagnie d'Olivier, qui faisait preuve à son égard d'une délicatesse et d'une patience qu'elle n'avait encore jamais connues avec aucun autre homme.

Lorsqu'il la déposa chez elle quelques heures plus tard, Olivier lui dit au revoir d'un sourire et lui adressa des mots pleins de compréhension :

— J'aimerais bien sortir avec toi ce soir, mais il

semble que ce ne soit pas le meilleur moment. Je me trompe ?

Iris se força à sourire.

— Je suis fatiguée, rétorqua-t-elle. Et puis, j'ai besoin de réfléchir.

— Rien ne presse, mais n'oublie pas que je t'attendrai toujours, immuable comme la mer.

Chez elle, Pirate l'accueillit avec ses démonstrations de joie habituelles, enchanté à l'idée d'une promenade. Mais, au lieu de cela, Iris alla directement écouter ses messages sur le répondeur. Même si elle ne voulait pas le reconnaître, elle continuait d'espérer un signe de Luca.

Un seul message l'attendait et il provenait d'Angela. Elle avait une voix nasillarde, comme si elle était très enrhumée ou qu'elle avait beaucoup pleuré. Iris opta pour la seconde hypothèse.

— Pardonne-moi de t'appeler pour ça, mais je ne sais pas à qui en parler. J'ai l'impression que tu es quelqu'un de très compréhensif et de très sensible. Je ne savais pas à qui raconter que je viens de me faire virer. Comme une idiote, je suis effondrée. En fait, il y a aussi d'autres raisons à ça, mais je préfère ne pas les confier à cette machine.

Iris la rappela illico.

— Moi aussi, je suis au chômage, lui dit-elle. Je t'assure que ça a ses avantages. Par exemple : depuis combien de temps tu n'avais pas fait la grasse matinée un lundi de fin janvier ?

— Je crois que ça ne m'est jamais arrivé, reconnut Angela. Tout comme je ne suis jamais sortie un mercredi jusqu'à pas d'heure. Ça aussi, c'est un point positif, non ?

— Je pense, oui.

— Tu fais quelque chose ce soir ?

La question cueillit Iris par surprise, mais elle ne chercha aucun prétexte pour se défiler comme avec Olivier.

— Rien, à part chercher un sens à tout ce qui est en train de m'arriver.

— Alors, on pourrait peut-être s'y mettre à deux et faire un échange de bons procédés. Je cherche un sens à ta vie et toi à la mienne. Qu'en penses-tu ?

— Ça me paraît un bon *deal*, répliqua Iris.

— Parfait. Alors, rendez-vous à 9 heures en bas de chez toi.

— Entendu. Dis-moi…

— Oui ?

— Je ne sais pas si ça a un rapport avec ton nom, mais tu as été un ange pour moi. Tu sais ce que c'est qu'un ange ?

Avant qu'elle ne puisse donner la réponse, Angela lui emboîta le pas :

— C'est quelqu'un qui t'empêche de chuter en t'apprenant à voler. À tout à l'heure, donc !

Pirate la regardait, impatient. Iris estima qu'il était temps de contenter son ami à quatre pattes et l'emmena faire un grand tour.

Volontairement, elle alla jusqu'au pont sous lequel passaient les trains de banlieue. Elle s'arrêta un moment pour regarder en bas, se rappelant la dernière fois où, un dimanche après-midi, elle était venue à cet endroit. Ce n'était pas si lointain et pourtant, elle avait le sentiment d'avoir beaucoup changé depuis, comme si elle était devenue quelqu'un d'autre. Pirate lança un aboiement de colère avant de commencer à tirer sur sa laisse de toutes ses forces.

Un ange, c'est celui qui t'empêche de chuter en t'apprenant à voler, se souvint Iris.

Et aussitôt elle pensa :

Les anges sont légion, par ici.

La jeune femme se remit aussitôt en marche pour rentrer. Elle se sentait prête à affronter la première grande soirée de sa vie consacrée à l'amitié.

La nuit où les quatre vœux
se réalisèrent

Tandis qu'elles marchaient sans but, Angela relatait à Iris les événements les plus dramatiques de sa vie, qui étaient également les plus récents :

— J'ai toujours été une romantique invétérée, incapable de maîtriser ses sentiments. Je travaillais dans l'agence immobilière depuis à peine un mois que j'étais déjà amoureuse de mon patron. Tu imagines la catastrophe ! Il a tout de suite commencé à faire des insinuations, à me lancer des regards appuyés et à s'arranger pour qu'on se retrouve le plus souvent possible en tête à tête pour des raisons soi-disant professionnelles. Rien de tel qu'une agence immobilière pour concocter l'air de rien des rendez-vous galants : les appartements libres ne manquent pas. Un samedi matin, il m'a demandé de le rejoindre dans une magnifique maison en banlieue et, une fois sur place, il m'a avoué qu'on n'attendait aucun client, que s'il m'avait fait venir jusque-là, c'était simplement parce qu'il était dingue de moi. Et moi, j'ai mordu à l'hameçon. Comme une imbécile, je me suis jetée dans ses bras !

Elles tournèrent dans une rue étroite, faiblement éclairée par quelques lampadaires jaunâtres.

— Évidemment, je n'ai pas soupçonné une seconde qu'il était peut-être en train de me mentir. Ou qu'il était marié. Il avait l'air tellement sincère, tellement romantique… Tout était si inattendu ! Je n'avais jamais été aussi éperdument amoureuse. Je n'avais même pas imaginé que ça puisse être à la fois si horrible et si merveilleux. J'ai été prise au dépourvu. Mais j'ai vécu l'histoire à fond, et s'il y a bien une chose que je ne regrette pas, c'est ça. J'ai passé deux mois fantastiques, deux mois de rendez-vous à toute heure du jour, deux mois de gestes délicats de sa part. La fin s'est avérée tout aussi imprévisible, sans compter que ça m'a démolie. Je crois que c'est notre dernière entrevue qui a tout gâché. Ça m'a échappé, je lui ai dit que je l'aimerais toujours, que je voulais faire ma vie avec lui. Certains hommes ne supportent pas de conjuguer les verbes au futur. Je suis sûre que ça l'a effrayé. Ben oui, forcément : il est marié, même s'il ne m'en avait jamais parlé. Il a deux enfants, aussi. Et qu'il le veuille ou non, il est bien obligé de conjuguer les verbes au futur avec eux.

« Le lendemain, quand il est arrivé au bureau, il n'était plus le même, il avait changé du tout au tout. Extérieurement, il était toujours aussi charmant, aussi beau qu'avant, mais il se montrait froid comme un glaçon. Après tout ce qu'on avait partagé, il a commencé à me traiter comme une employée quelconque !

J'ai essayé de tenir le choc, mais j'ai craqué au bout de cinq jours. Au début, j'ai cru que j'en serais capable. Je m'étais promis de ne pas le harceler, de ne pas lui faire de scène. Après tout, nous sommes des adultes et il n'avait pris aucun engagement envers moi. C'est ma faute, j'aurais dû comprendre plus tôt…

« Mais ce soir, mes nerfs ont lâché. Je l'ai vu plaisanter avec une fille qui vient d'être engagée et je ne l'ai pas supporté. J'ai déboulé dans son bureau et j'ai fait ce que je m'étais juré de ne pas faire : je me suis donnée en spectacle, crise de larmes et tout le tralala. Je crois que ça l'a mis très mal à l'aise. Au point qu'il m'a annoncé sur-le-champ qu'il se voyait dans l'obligation de reconsidérer ma présence dans la boîte, vu que j'y étais depuis trois mois et que je n'avais toujours pas vendu un seul appartement. Le pire, c'est qu'il avait raison. Ce boulot ne me branchait pas, la seule chose qui m'intéressait là-dedans, c'était lui. J'ai donc accepté mon licenciement, le solde de tout compte et sa petite tape dans le dos quand il m'a dit : "Je suis sûr que tu trouveras un travail dans lequel tu t'épanouiras davantage. Je te souhaite toute la chance du monde." »

Au bord des larmes, Angela marqua une pause avant d'ajouter :

— Je suppose que tu n'as jamais rencontré une fille aussi bête que moi.

Iris se posta face à elle et la serra tout à coup dans ses bras, simplement parce qu'elle pensait que son amie en avait besoin. Ce geste de douceur inespéré réconforta Angela qui réussit à ne pas se remettre à pleurer.

La température semblait avoir chuté.

Devant elles, de l'autre côté de la rue, la lumière accueillante d'un établissement luisait comme une publicité. Les portes en étaient closes, mais on voyait beaucoup de monde à l'intérieur, comme si une fête était en train de s'y dérouler.

— Si on entrait jeter un œil ? proposa Angela dès qu'elle se sentit un peu requinquée.

Elles n'y réfléchirent pas à deux fois. À peine eurent-elles franchi le seuil qu'elles se réjouirent de leur décision. Au fond de la salle, sur une petite scène, un groupe constitué d'un pianiste, d'un guitariste et de deux chanteurs – un garçon et une fille – donnait un concert. Les deux amies se frayèrent un chemin pour chercher un endroit où s'asseoir et en trouvèrent un dans un coin, près du bar, où Angela commanda deux bières.

Iris ferma les yeux. Elle adorait entendre de la musique en *live*. Ça lui donnait la sensation de décoller.

La jeune femme se concentra pour suivre les paroles :

> *Forget the past.*
> *Forget what's next.*
> *You are nowhere and*
> *everywhere now*[1].

Elles purent jouir d'une heure de concert environ. Elles descendirent plusieurs bouteilles de bière, dansèrent et, sur invitation du pianiste, osèrent même entonner quelques refrains. Quand tout fut terminé,

---

1. Oublie le passé. Oublie ce qui va suivre. Maintenant tu n'es nulle part et partout à la fois. *(N.d.T.)*

elles applaudirent à tout rompre. Angela et Iris avaient passé une soirée formidable.

Dehors, il pleuvait des cordes et il faisait un froid de canard. Elles décidèrent de ne pas bouger et de commander une nouvelle tournée. Elles se réinstallèrent à une table pendant que les musiciens rangeaient leurs instruments.

— C'est drôle, dit Iris. Il y a encore très peu de temps, je n'avais presque jamais mis les pieds dans un bistrot, et maintenant, j'ai l'impression que les choses les plus importantes de ma vie se déroulent dans des bistrots.

Angela l'écoutait en buvant sa bière au goulot à petits traits.

— Moi aussi, je suis dans une période de changements, continua Iris, mais j'ai peur de rater le coche à cause de mes peurs absurdes. J'ai la trouille de vivre, pourtant je ne peux pas continuer comme ça. Et puis, je n'arrive pas à me défaire de tous les souvenirs douloureux que je garde au fond de moi. Je crois que je suis en train de devenir une trentenaire aigrie.

Elles passèrent un bon moment à parler. Avant que l'établissement ne ferme ses portes, le gérant leur apporta deux cafés au lait. Deux petits gâteaux secs étaient posés sur les soucoupes.

— Ce sont des biscuits de l'avenir. Vous devez lire attentivement le message inscrit sur le papier.

Le jeu les amusa, de sorte qu'elles sortirent leurs gâteaux de leur emballage et lurent ce qui était écrit au dos.

— Je crois que le mien t'est plutôt destiné, dit Iris.

— Je me disais la même chose, répliqua Angela en lisant son message, qu'elle avait déjà entendu quelque

141

part : *On ne peut comprendre la vie qu'en regardant en arrière, mais on ne peut la vivre qu'en regardant vers l'avant.* Voilà la réponse que tu attendais. Sur un biscuit.

— Eh bien, moi aussi, j'ai la solution à tes problèmes, répondit Iris en lisant : *Au lieu de te lamenter que cela soit terminé, réjouis-toi que cela soit arrivé.*

— Nous avons échangé nos destins, rit Angela. Exactement comme prévu !

— À ta place, je n'échangerais pas ta vie contre la mienne. Crois-moi : elle ne vaut pas un clou ! la prévint Iris.

— Je pense la même chose de la mienne !

Elles éclatèrent de rire à l'unisson. C'était l'effet de l'alcool, elles n'étaient pas sans le savoir. Pourtant elles ne pouvaient s'empêcher de s'esclaffer, comme si elles étaient devenues folles.

Le gérant de l'établissement tâcha en vain de les rappeler à l'ordre. Comme lorsqu'on essaie de faire taire des adolescentes au milieu d'une conférence, il ne réussit qu'à les faire rire de plus belle.

— Allons, les filles, calmez-vous ! On ferme dans quelques minutes. Et puis, au cas où vous ne l'auriez pas remarqué, il neige dehors.

Une chanson qu'aucune des deux n'était en état d'entendre résonnait dans les haut-parleurs :

> *Dreaming with open eyes*
> *is an art to be learnt*
> *in the secret school of twilight*[1].

---

1. Rêver les yeux ouverts / est un art qui s'apprend / à l'école secrète du crépuscule. *(N.d.T.)*

On ne mange pas de glaces
quand il neige

— Hier, j'ai passé une soirée magique, dit Iris à Olivier en décrochant le téléphone.

— Tu fais allusion à la neige ?

— Entre autres. Je crois que les anges étaient partout, occupés à apprendre aux gens à voler ou à réaliser leurs vœux. Tu sais qu'il existe des gens qui croient à ces choses-là ?

— Je suis ravi que tu aies l'air si heureuse. C'est génial, parce que je voulais justement te proposer d'aller faire un tour. Ça te dirait ? Après tout, la neige nous a toujours porté chance. Je sais que je t'ai promis de ne pas insister, mais une tempête de neige comme celle-ci, ça n'arrive pas tous les jours.

— Totalement d'accord, mais ce matin, je ne peux pas, j'ai quelque chose à faire.

Elle sentit que sa réponse décevait l'insistant Olivier, de sorte qu'elle s'empressa d'ajouter :

— On pourrait peut-être déjeuner ensemble dans un endroit coupé du monde et plein de stalactites.

Ses mots produisirent l'effet souhaité. Olivier eut un rire nerveux, comme quelqu'un qui n'est pas habitué aux propositions de quelque ordre que ce soit. Il accepta aussitôt d'une voix euphorique et lui dit :

— À tout à l'heure.

Bien qu'elle fût de bien meilleure humeur – les derniers jours avaient été riches en événements –, Iris tenait encore à se rendre chez le glacier *El Centauro*. Elle sentait même qu'elle ne pouvait plus retarder le moment, comme si ce qui devait arriver dans ce lieu allait changer le cours de son existence. Elle était bien loin d'imaginer à quel point ses pressentiments étaient fondés.

Elle s'habilla chaudement, chaussa ses bottes à semelle de crêpe et n'oublia ni l'écharpe ni les gants avant de se lancer dans les rues tapissées de blanc. La ville était belle dans cette tenue inhabituelle. On aurait dit qu'elle s'était fait une beauté pour une occasion spéciale.

Iris décida de marcher pour profiter du froid et de l'ambiance exaltée que le caractère exceptionnel de la neige faisait régner dans les rues. L'adresse où elle se rendait n'était pas tout près, mais elle avait envie de se promener tranquillement. Aller chez un glacier par ce froid était plus étrange encore que de se balader dans cette ville méditerranéenne transformée en paysage polaire.

El Centauro se trouvait dans une étroite ruelle piétonne. De grandes lettres rouges sur une pancarte en bois lui indiquèrent qu'elle était arrivée à destination. Le rideau de fer était à moitié baissé, mais de la lumière filtrait de l'intérieur.

Iris s'approcha et toqua trois fois. Ses coups résonnèrent comme un gong annonçant un début ou une fin.

Elle entendit quelqu'un arriver d'un pas énergique. L'instant d'après, le mécanisme électrique qui ouvrait le rideau se mit en branle. Une femme corpulente aux joues roses apparut.

— En quoi puis-je vous aider ? Nous sommes fermés.

— Je voudrais voir le propriétaire.

— C'est moi-même, je m'appelle Paula.

— Et moi, Iris.

Elles échangèrent une poignée de main. La femme la regarda en fermant à demi les yeux, comme pour la jauger et déterminer si elle était digne de confiance. La dame s'écarta et l'invita à entrer.

— Entrez, ne restez pas dans le froid.

Iris obéit et, après avoir secoué la neige de ses bottes, ôta son manteau. Dans son dos, la femme referma à nouveau le rideau, puis alla derrière le comptoir.

Le local assez vaste avait été peint dans des teintes acidulées. Sur le comptoir, des bacs contenant des glaces de différentes couleurs étaient alignés. Derrière, des paquets de biscuits, de bonbons et de chocolats de toutes sortes emplissaient les étagères. Tout paraissait absolument neuf. Dans un panier près de la caisse, Iris découvrit des dizaines de cœurs en chocolat blanc identiques à celui qui l'avait guidée jusqu'à cet endroit.

— On était censés inaugurer la boutique aujourd'hui, mais, vu le temps, je ne sais pas si c'est une très bonne idée, lui expliqua Paula.

— C'est un très bel endroit, dit Iris tout en se demandant ce qu'elle fabriquait là.

— Contente que ça vous plaise parce que vous êtes notre première cliente. Qu'est-ce qui vous ferait plaisir ? C'est la maison qui régale.

— Oh, non, merci, je ne voudrais pas vous déranger.

Paula sourit et hocha la tête.

— Vous ne me dérangez pas le moins du monde. Vous n'allez pas me dire que vous ne dégusteriez pas une petite glace. À moins que vous ne préfériez prendre un café ou un petit chocolat chaud ? Par ce temps, c'est peut-être plus indiqué.

Iris ne put résister. Tandis qu'elle lui préparait ce petit déjeuner inespéré, Paula l'interrogea sur la manière dont elle avait connu l'endroit.

— Disons qu'il m'a été conseillé par quelqu'un qui me connaît très bien. Il m'a offert ceci, déclara-t-elle en lui montrant le cœur en chocolat blanc qu'elle avait trouvé dans le magasin.

— Eh bien, ça doit être une personne très tendre. Je la connais sûrement. Il n'y a pas eu foule pendant les travaux qui n'en finissaient pas.

Iris s'apprêtait à lui demander qui étaient les clients qui auraient pu acheter un de ces chocolats, quand Paula poursuivit :

— Vous n'imaginez pas le piteux état dans lequel se trouvait cet endroit. L'incendie avait tout ravagé.

— L'incendie ? s'étonna Iris.

— Ben oui. Vous n'étiez pas au courant ? On en a même parlé dans les journaux ! Quand je l'ai découvert, c'était splendide. C'est grâce à l'incendie que j'ai pu me le payer. Ils m'ont fait un bon prix, à condition

146

que j'ouvre rapidement, mais je vous assure que ça n'a pas été une mince affaire de le transformer en ce que vous pouvez voir aujourd'hui.

Iris regarda encore autour d'elle, fascinée de constater qu'il n'y avait plus la moindre trace du sinistre dont parlait Paula.

— Venez, je vais vous montrer ce qui reste du désastre que j'ai trouvé en arrivant.

Paula l'invita à la suivre dans l'arrière-boutique. On y voyait un mur de briques calcinées où subsistait encore un four à bois. À côté, dans une énorme bassine en plastique, s'amoncelaient des assiettes et des plats brisés.

— Voilà les seuls vestiges du meilleur restaurant italien de tout le secteur, d'après les clients. C'était un endroit très apprécié dans le quartier, j'espère que les gens ne m'en voudront pas de m'être installée à la place.

C'est alors qu'Iris remarqua la vaisselle. Elle était décorée de deux liserés, un vert et un rouge, les couleurs du drapeau italien. Au milieu, les motifs formaient des lettres qui prirent pour Iris un sens aussi terrible qu'immédiat :

CAPOLINI

Le cœur battant la chamade, elle demanda :

— Vous avez une idée du lieu où se trouve le propriétaire du restaurant ?

— Non... Il n'osait pas m'en parler, comme s'il craignait ma réaction. Mais quelqu'un m'a dit qu'il avait été blessé. Apparemment, il était ici la nuit de l'incendie. Désolée, je n'en sais pas plus.

Iris retourna à la table où l'attendait sa tasse de chocolat et s'empressa de reprendre son sac à main.

— Je dois partir, annonça-t-elle.

— J'espère que vous reviendrez un autre jour, quand il ne neigera plus, lui dit Paula.

Mais Iris l'entendait à peine. Elle avait soudain très envie de pleurer. Elle bredouilla un « merci, au revoir » et se mit en route pour rentrer chez elle d'un pas de somnambule.

À mi-chemin, elle se rendit compte qu'elle avait oublié son cœur en chocolat sur la table, mais cela ne la chiffonna pas. Au contraire, il lui sembla que c'était plus cohérent.

Finalement, tous les endroits n'étaient pas aussi appropriés pour égarer son cœur, fût-il en chocolat.

Le passé sent le vieux papier

« Seuls les vieux journaux et les lettres
conservent la vérité sur le passé. »

Iris lut cette inscription pendant qu'elle attendait
que le responsable de la bibliothèque, un homme en
chemise blanche avec des lunettes à monture noire,
lui apporte sa commande.

L'endroit sentait le vieux papier et la poussière.
Les volumes contenant les journaux les plus anciens
s'alignaient derrière de grandes vitrines qui recou-
vraient entièrement les murs de la salle. Les plus
récents étaient entreposés dans la réserve, où le
responsable était allé chercher ceux qu'elle avait
demandés.

— Vous êtes sûre que vous ne préférez pas faire
des recherches sur Internet ? lui demanda-t-il en lui
tendant les deux gros volumes.

— Sûre, répondit-elle.

— Je serai dans la salle d'à côté. Si vous avez besoin de moi, n'hésitez pas à me sonner, dit l'homme avant de disparaître derrière les grandes portes en bois.

Iris demeura seule au milieu d'un silence impénétrable.

Allons-y ! s'encouragea-t-elle en ouvrant le premier des deux volumes. La jeune femme commença à lire les titres des événements qui avaient eu lieu sept mois auparavant.

La recherche fut assez aisée : les pages consacrées aux nouvelles locales étaient d'une couleur différente du reste. Il lui suffit de sauter directement à cette rubrique et de la parcourir pour trouver les faits qui l'intéressaient :

UN INCENDIE RAVAGE ENTIÈREMENT LA PIZZÉRIA CAPOLINI

Hier, à l'aube, un incendie accidentel a dévasté l'emblématique pizzéria Capolini. Peu après 2 heures du matin, alors que le propriétaire venait de fermer, le feu s'est déclaré dans un des fours à bois utilisés pour cuire les fameuses pizzas auxquelles l'établissement doit sa renommée. Les flammes se sont rapidement propagées dans la cuisine et sur les cloisons en bois, dévorant bientôt l'ensemble de l'établissement. Alertés par un voisin, les pompiers ne sont arrivés qu'au bout d'une demi-heure, alors que les dégâts étaient déjà irréparables.

On a d'abord pensé qu'il n'y avait aucune victime puisque le restaurant était fermé et sa porte close. Cependant, les secours ont signalé ultérieurement que le propriétaire du restaurant, l'Italien Luca Capolini, a été grièvement blessé au cours de l'incendie. Transporté d'urgence à l'hôpital del Mar, où son pronostic vital serait réservé, tout indique qu'il dormait au moment où le feu démarra.

Au-dessus du titre, une photographie montrait à quoi ressemblaient les lieux avant d'être détruits par les flammes : deux vitrines encadraient la porte surmontée du drapeau italien sur lequel était inscrit le nom de Luca. C'était un de ces endroits que l'on associe généralement à la bonne chère et aux bons moments partagés.

À la fin de l'article, Iris avait le souffle coupé. Elle se sentait perdue, ne comprenait rien. Comment était-il possible que Luca ne lui ait rien raconté de tout cela ? Il n'avait même pas évoqué l'incendie. Quel macabre hasard avait voulu qu'il fût transporté dans le même hôpital où ses propres parents avaient été conduits après leur accident ?

C'est seulement alors qu'elle s'avisa de regarder en haut du journal la date exacte des faits : 8 novembre.

Iris fondit en larmes comme une petite fille sans parvenir à s'arrêter. Elle s'enfuit de la bibliothèque en laissant sa chaise en désordre et l'énorme volume ouvert sur la table.

Une fois dans la rue, elle arrêta un taxi et demanda au chauffeur de l'emmener à l'hôpital del Mar.

Ce n'est qu'une coïncidence, je ne devrais pas me

151

mettre dans cet état, se répétait-elle tandis qu'elle voyait défiler la ville à travers la vitre de la voiture.

Découvrir que l'accident de la pizzéria de Luca avait eu lieu exactement le même jour que la mort de ses parents, quasiment à la même heure, lui causait une angoisse indescriptible.

Alors que l'hôpital se profilait au loin, elle se souvint de la pancarte qu'elle avait lue à la bibliothèque et songea : *Il est peut-être temps de larguer le passé une bonne fois pour toutes.*

Franchir le seuil de la vérité

Il nous est à jamais interdit de sourire dans les lieux où nous avons été trop malheureux.

Pour Iris, l'hôpital del Mar était de ceux-là. Elle se rappelait parfaitement la nuit, quatre mois plus tôt, où elle avait reçu cet appel funeste :

— Ici l'hôpital del Mar. Vos parents ont eu un accident de voiture, ils ont été admis il y a une heure à peine.

Encore ensommeillée, Iris avait sursauté et, d'un filet de voix, avait tout juste pu demander :

— Est-ce qu'ils vont bien ?

Elle avait eu un mauvais pressentiment quand, à l'autre bout du fil, la voix lui avait répondu d'un ton contrit :

— J'aimerais mieux vous voir pour vous en parler.

Ce fut le trajet le plus angoissant de sa vie. Elle était dans l'incertitude, redoutant le pire. Pour la première fois, elle était assaillie par une impression de vide et de perte absolus. Une voix ne cessait de lui répéter dans sa tête : « Je n'arriverai pas à temps, je n'arriverai pas à temps. »

À ce moment-là, elle était loin de se douter que bon nombre de ces sentiments mettraient très longtemps à s'estomper.

Dès qu'elle avait aperçu la doctoresse de garde, ses pires soupçons avaient été confirmés : elle ne reverrait jamais ses parents en vie. Ils étaient morts peu après leur arrivée à l'hôpital, ensemble, comme pour tous les moments importants de leur vie.

À présent, alors qu'elle foulait à nouveau le sol de cet établissement, l'évocation de ces souvenirs lui étreignait la gorge.

Elle s'adressa au comptoir d'information et demanda à une infirmière renfrognée le service des grands brûlés. La femme lui répondit :

— Vous venez rendre visite à un membre de votre famille ?

— Oui, mentit-elle.

— Adressez-vous à l'infirmière au bout du couloir, lui conseilla-t-elle en pointant le doigt à droite.

Arrivée à l'endroit indiqué, elle tomba sur une autre employée aussi antipathique que la précédente, à qui elle posa la même question.

— Quel est le nom de la personne que vous désirez voir ? s'enquit l'infirmière en costume vert, une femme d'un certain âge avec des poches très marquées sous les yeux.

— Luca Capolini, dit Iris, avant d'ajouter : Il est peut-être déjà sorti.

Iris était certaine de cela puisqu'elle avait connu Luca quelques semaines après l'accident dont on parlait dans le journal. Ses brûlures ne devaient pas être bien graves, il avait sans doute été hospitalisé pour asphyxie, puisqu'elle ne se rappelait pas avoir vu de marques sur son visage ou sur ses mains.

Cependant, cet établissement, où il avait été admis, constituait la seule piste dont elle disposait pour remonter jusqu'à lui.

La femme pianota sur son clavier et regarda l'écran en fermant à demi les yeux.

— Vous êtes sûre du nom ? s'enquit-elle.

— Vous ne le trouvez pas ?

L'infirmière la regarda par-dessus ses lunettes.

— Attendez un instant, dit-elle, puis elle disparut derrière la porte du bureau contigu.

Iris resta seule avec son désarroi, se demandant ce qu'il se passait. Elle fut tentée de jeter un œil à l'écran, mais elle n'était pas assez culottée pour ça. L'infirmière ne tarda pas à revenir :

— Suivez-moi, je vous prie.

Iris s'exécuta docilement le long d'un autre couloir interminable, jusqu'à une salle d'attente aux murs blancs et meublée de fauteuils moelleux.

— Un médecin va venir vous voir dans une minute, lui annonça la femme avant de disparaître et de la laisser seule.

Iris s'assit, nerveuse et déconcertée. Elle se sentit soudain ridicule d'être là. Que ferait-elle si elle retrouvait Luca ? Lui demanderait-elle pourquoi il était parti sans laisser d'adresse ? Lui avouerait-elle qu'elle était amoureuse de lui ? Elle hocha la tête en se disant en son for intérieur : *Je ne peux pas agir sur des coups de cœur, je dois apprendre à ne plus le faire.*

Tandis qu'elle regardait distraitement en direction de

155

la porte, il lui sembla apercevoir une silhouette mince et distinguée aux longs cheveux blancs. Elle portait une bouse blanche dont dépassaient ses vêtements râpés habituels : c'était le magicien, elle en était certaine. Quand Iris sortit dans le couloir pour le voir de plus près, il s'était volatilisé, comme un mirage.

Serais-je en train de devenir folle ? se demandat-elle à l'instant même où le médecin arrivait.

— C'est vous, Iris ? On m'a dit que vous aviez réclamé des nouvelles de M. Capolini. Vous êtes de sa famille ?

— Non, je suis une amie.

— Je comprends. Asseyez-vous, je vous prie. J'ai l'impression que vous n'êtes pas au courant de tout.

Le médecin, un homme d'âge moyen à la barbe soigneusement taillée et aux yeux d'un bleu intense, avait un air affable et chaleureux qui l'aida à retrouver un peu de sérénité.

— Je dois vous avouer que je suis un peu déconcerté, confia-t-il, car M. Capolini est resté ici un certain temps sans que personne ne s'intéresse à lui. J'en suis venu à penser qu'il n'avait ni famille ni amis, ce que j'ai bien sûr trouvé très triste. Personne ne mérite d'être complètement seul dans les pires moments de sa vie, vous ne croyez pas ?

— Non, naturellement, répondit Iris.

— Je considère donc votre visite comme une bénédiction. Même s'il est trop tard, c'est réconfortant de savoir qu'il manque à quelqu'un.

— Trop tard ? demanda Iris, sans rien comprendre.

— Voilà le moment le plus douloureux : celui de la vérité que l'on ne peut pas dissimuler.

Le médecin chercha ses yeux du regard et posa une

main sur les siennes. Il ne semblait pas très habitué à annoncer de mauvaises nouvelles. Peut-être était-il impossible de s'y faire.

— M. Capolini est décédé il y a deux semaines, l'informa-t-il.

— Mais… c'est impossible. Deux semaines ? Non ! répliqua-t-elle, catégorique, en secouant la tête. C'est impossible.

Le médecin reprit son explication :

— Son corps a fini par le lâcher, bien que ses chances de survie fussent bien minces en arrivant ici. Peu de gens sortent d'un coma profond. Même les personnes jeunes comme lui.

Les yeux d'Iris s'emplirent de larmes.

— Je suis vraiment désolé. J'aurais aimé vous annoncer de meilleures nouvelles.

— Quel jour ? Quel jour est-il mort ?

— Le dimanche après-midi. Le premier dimanche après Noël.

Iris se rappelait parfaitement ce dimanche-là. C'était le jour où sa vie avait commencé à basculer. Le jour où elle avait connu Luca au *Plus bel endroit du monde est ici.* Le jour où un ange l'avait empêchée de sauter du pont au-dessus de la voie ferrée. Elle se rappelait exactement l'heure qu'il était.

— Laissez-moi deviner, dit-elle d'une voix tremblante. Il est mort à 5 heures du soir, n'est-ce pas ?

— Exactement. J'ai moi-même signé le certificat de décès.

Iris sentit qu'elle avait besoin de sortir. Elle prit congé du médecin à la hâte, après avoir proféré un « merci pour tout » inaudible. Elle était si pressée de gagner la sortie et de sentir l'air frais sur ses joues qu'elle entendit à peine ce que lui expliquait l'aimable praticien :

— Quand on a quelqu'un à pleurer, on n'est pas si seul.

Iris marchait dans le couloir comme un automate. Son cœur battait plus fort que jamais et les larmes lui voilaient la vue.

Soudain prise de vertige, elle chercha à s'asseoir et vit, à sa droite, la porte des toilettes. Sans y réfléchir à deux fois, elle la poussa.

La pièce était plongée dans la pénombre, ce qui lui sembla agréable. Elle alla droit au lavabo et se débarbouilla le visage. Elle évita de regarder le miroir car elle n'avait pas envie de voir son visage. Une fois installée sur un tabouret qu'elle trouva dans un coin, Iris ferma les yeux et respira profondément.

Ça va passer, se dit-elle.

Elle commença aussitôt à se sentir mieux, comme si elle s'était éloignée du monde. Ou comme quelqu'un sur le point de comprendre les choses les plus complexes de la vie.

Le bonheur est un oiseau
qui sait voler

« Bonjour, Iris, c'est moi, Luca. N'ouvre pas les yeux, ne bouge pas. Il est des choses qui n'ont lieu que dans le présent, tu te souviens ? Comme ce que je voudrais te raconter. C'est l'histoire d'une fin, mais il est interdit d'être triste. Ce n'est pas un drame, bien au contraire. Je vais t'expliquer comment la beauté peut survenir au dernier moment, alors que tu as déjà renoncé à la trouver. C'est donc une histoire gaie.

« Imagine que tu entres dans une pièce où un jeune homme, un ami à toi, est en train de vivre les derniers instants de sa vie. Imagine que tu lui prends la main, que tu lui souhaites le meilleur, que tu verses une larme et lui dis avec sincérité, le cœur brisé, qu'il va te manquer. Imagine que ton ami meure une seconde après. Il n'a pas rouvert les yeux, mais tu sais qu'il t'a fait ses adieux, parce qu'il t'a semblé sentir sa main presser légèrement la tienne. Tu sais à présent que tes derniers mots l'ont aidé à partir plus sereinement et infiniment plus heureux.

« Même si tu n'as plus la possibilité de le savoir, cet homme était un être arrogant qui n'avait que deux obsessions dans la vie : les femmes et l'argent. Tout au long de son existence, il a déçu tous ceux qui l'ont approché, à commencer par ses parents, qui avaient attendu en vain la meilleure nouvelle qu'il aurait pu leur annoncer : qu'ils lui manquaient un petit peu. Bien qu'il n'eût rien fait pour le mériter, il fut plus chanceux en amour que la plupart des gens. Il connut une fille formidable, qui l'aimait sincèrement, mais il ne fut pas capable de mesurer sa chance d'être tombé sur quelqu'un comme elle.

« De sorte qu'il mourut avec pour seule compagnie une infirmière de garde, qu'il n'avait jamais vue auparavant. La dernière chose qu'il se dit tandis qu'il lui semblait avancer à travers un long tunnel en direction d'une lumière très vive, ce fut : *J'aurais aimé que quelqu'un s'attriste de ma mort, que quelqu'un me pleure*. Une pensée qui jadis l'aurait fait rougir de honte et qu'il aurait laissée à d'autres que lui. Après quoi, il songea : *À quoi bon se lamenter ? Il est trop tard*.

« Mais, aussi étonnant que cela puisse paraître, l'étape la plus importante de son histoire était sur le point de commencer. Il n'était pas seul. Dans le tunnel, il y avait d'autres gens. Il s'approcha aussitôt d'un couple d'âge mûr, un homme et une femme à l'allure sereine, qui paraissaient cependant fort tristes. Ils lui racontèrent que leur voiture s'était encastrée dans un énorme camion quelques heures plus tôt. On les avait transportés à l'hôpital, où ils étaient morts quelques minutes avant lui.

« Leurs voix résonnaient de façon curieuse, déconnectées du monde réel. Elles semblaient provenir de celui des rêves, comme si elles étaient le produit de son imagination. Ainsi les morts, avaient-ils entendu dire, passent dans le monde des vivants. Ces gens lui expliquèrent qu'ils n'étaient pas tristes de partir, mais de ne pas avoir fait leurs adieux à la personne qu'ils aimaient le plus au monde : Iris, leur fille unique.

« – Ceux qui partent sans dire au revoir ne partent jamais tout à fait, dit l'homme.

« – Et pour être heureux, il faut laisser partir les morts et retenir les vivants, ajouta la femme.

« D'une voix immensément triste, ils lancèrent à l'unisson :

« – Pour notre fille, le bonheur a toujours ressemblé à un oiseau. Elle a peur de l'effrayer et de le voir s'envoler.

« Le jeune homme qui venait de mourir comprit une chose : ces deux personnes qui avaient passé leur vie l'une près de l'autre étaient désormais unies dans leur désir de voir leur fille heureuse. Quelle chance d'avoir quelque chose en commun, même au-delà du monde des vivants !

« Après quoi, soit ils disparurent tous deux, soit il cessa d'entendre leurs voix. Rien n'était très certain dans cet étrange état de demi-sommeil.

« De cette rencontre fantomatique, l'homme tira la leçon la plus importante de sa vie. Il sut que son passage sur terre avait été dépourvu de sens car il n'avait rendu personne heureux. Alors il souhaita

161

l'impossible : en avoir pris conscience avant pour avoir la possibilité de se rattraper.

« Une chose étrange survint alors. Sans savoir comment, il se retrouva dans un endroit où la magie semblait encore possible. Il y rencontra une femme au cœur généreux. Dès qu'elle lui eut dit son prénom, il comprit qu'une seconde chance s'offrait à lui et qu'il devait la saisir. Ce n'était pas seulement sa chance : c'était aussi celle de ces parents inquiets pour le bonheur futur de leur fille unique. Quand il aurait terminé, il s'éloignerait pour toujours. Voilà pourquoi il se proposa de faire de son mieux, même s'il ne sut jamais si cela avait été couronné de succès. C'est à toi maintenant de me dire s'il a réussi ou s'il a encore échoué. »

Iris avait les yeux emplis de larmes.

— Ce sont eux qui t'ont envoyé, s'entendit-elle lâcher d'une voix qui semblait venir de très loin.

— Et toi, tu les as laissés partir en paix. En même temps, tu m'as sauvé. Je voulais te remercier avant de te dire adieu.

— Tu pars ?

Mais elle n'eut pas de réponse. Soudain, Iris entendit que la porte des toilettes s'ouvrait. Quelqu'un alluma la lumière. Éblouie, elle regarda l'énorme chariot qui avançait vers elle, poussé par une grosse femme en blouse bleue.

— Désolée… bredouilla l'inconnue avant de regarder plus attentivement son visage et de lui demander : Est-ce que vous vous sentez bien ?

— Oui, oui… répondit Iris en se levant. Je ne sais pas ce qui m'est arrivé. J'avais la tête qui tournait, mais maintenant, je me sens beaucoup mieux.

Tandis qu'elle séchait les dernières larmes sur ses

joues, l'air froid du dehors la ramena au monde ter-
restre.

Iris demanda au chauffeur de taxi de prendre le
bord de mer. Elle souhaitait revoir l'appartement que
lui avait fait visiter Olivier. Elle désirait approcher le
bonheur tout doucement, sans précipitation.

*Je ne voudrais pas qu'il s'envole aussitôt après
m'avoir vue*, se dit-elle avant de rentrer chez elle,
dans un endroit qui ne lui appartenait plus vraiment.

Fourrer la vie dans des cartons
de déménagement

« Iris, ma chérie, c'est moi, Angela. Tu te souviens de ce grand monsieur qui est venu visiter ton appartement, tu sais, l'Allemand ? Il m'a appelée pour me dire qu'il voulait l'acheter. Le prix lui convient et il est assez pressé. Le pauvre, il ne savait pas que je ne travaillais plus pour l'agence immobilière. Enfin, mon imbécile de patron t'appellera pour te l'annoncer. Je voulais simplement te proposer mon aide pour faire les cartons. Je suis une experte pour emballer la vie et partir ailleurs. Une dernière chose : félicitations ! »

Le deuxième message était de l'agence. Une voix masculine qui, d'un ton neutre et sérieux, lui expliquait ce qu'elle venait d'apprendre de la voix d'Angela, en ajoutant :

« Le client souhaite revoir les lieux avant de commander ses meubles. De notre côté, nous attendons

165

votre appel pour mettre en route les formalités administratives. »

Le dernier message provenait d'Olivier. Il n'avait pas une voix très guillerette.

« Bonjour, princesse. Je sais que j'ai le défaut d'être lourd et de ne pas m'en rendre compte. J'en suis vraiment désolé, je ne voulais pas que tu te lasses de moi aussi vite. Je tenais simplement à te dire que j'ai beaucoup insisté parce que je te trouve différente de toutes les femmes que j'ai connues jusqu'ici, si particulière que… Tu vois ? Je ne peux pas m'en empêcher ! Même quand on me pose un lapin, je continue… Enfin… Prends soin de toi et sois heureuse. Sans toi, le monde serait un endroit bien plus triste. »

Le message d'Olivier eut pour effet d'accélérer son rythme cardiaque. Après tout ce qui lui était arrivé ce jour-là, elle avait oublié l'invitation à dîner. Elle l'imagina en train de poireauter pendant des heures devant l'entrée de son immeuble, se demandant ce qui s'était passé. Ainsi qu'elle venait de l'entendre, il avait tiré ses propres conclusions avant de s'avouer vaincu. À l'instant précis où elle commençait à éprouver des sentiments pour lui…

Malgré tout, il a trouvé des mots gentils à me dire, songea Iris, admirative.

Mais, avant de s'occuper d'Olivier, elle avait une affaire urgente à régler. Sans la moindre hésitation, elle composa le numéro de l'agence et demanda à parler au patron. La voix monocorde qui lui avait laissé le message lui répondit. Iris s'efforça de prendre un timbre ferme :

— Je souhaite que le client soit accompagné de la personne qui a montré l'appartement la première fois.

De son ton d'homme sûr de lui, le propriétaire de l'agence lui expliqua que l'employée dont elle parlait ne travaillait plus là, mais qu'un autre agent s'occuperait tout aussi bien de cette vente.

Iris ne le laissa pas terminer :

— Il ne me semble pas juste que quelqu'un d'autre s'en charge. Cette fille... Je ne me rappelle plus son prénom...

— Angela, répondit-il.

— Oui, voilà, Angela. Je crois qu'elle a très bien travaillé. Il ne serait pas correct de l'écarter maintenant. Tout le mérite lui revient.

La voix de l'homme semblait légèrement altérée, il commençait à devenir nerveux :

— Je suis désolé, mais cela ne sera pas possible. Comme je vous l'ai dit, Angela ne travaille plus ici.

— Alors, je préfère ne pas vendre mon appartement. Prévenez votre client que j'ai changé d'avis. Bonsoir.

Puis elle raccrocha.

Iris n'avait pas l'habitude d'être aussi brusque, ses mains tremblaient, mais elle était convaincue qu'elle avait bien joué, qu'Angela recevrait son dû grâce à elle et, par la même occasion, que celui qui lui avait fait perdre son poste l'appellerait.

Elle attendit un moment que le téléphone sonne à nouveau, en vain. Près d'elle, Pirate regardait sa maîtresse d'un air interrogateur tandis qu'Iris fixait l'appareil. Il semblait se demander ce qu'elle fabriquait.

— C'est ton tour, dit-elle au chien en prenant la laisse. On va aller faire une promenade, mais elle sera courte.

Pirate se contenta de cette mini-balade à peine suffisante pour s'étirer un peu les pattes et faire ses besoins.

Quelques minutes plus tard, une fois rentrés chez eux, il sembla comprendre que cette journée-là serait très mouvementée et que sa maîtresse avait d'autres chats à fouetter.

Iris s'enferma dans la salle de bains et prit une douche revigorante. Tandis qu'elle se préparait pour sortir, le téléphone sonna. C'était Angela :

— On peut savoir comment tu t'es débrouillée ?

— Débrouillée pour quoi ?

— Il m'a appelée ! Pour s'excuser et me demander de conclure la vente de ton appartement. Je n'arrive pas à croire que tu n'y sois pour rien !

Iris prit une voix étonnée :

— Moi ? Je n'ai absolument rien fait. J'imagine qu'il a eu des regrets. Ne dit-on pas que les hommes finissent toujours par revenir ?

Angela semblait légèrement sceptique.

— Tu veux bien que je t'invite à dîner pour te remercier ? l'interrogea-t-elle.

— Ce soir, j'ai d'autres projets, répondit Iris, mais je voudrais te demander encore un petit service.

— Vas-y. La réponse est oui.

— Tu as encore les clés du magasin qu'on a visité ?

— Il se trouve que oui. Comme mon cher patron m'a justement virée ce jour-là, je n'ai même pas pensé à les lui rendre.

— C'est drôle, mais moi j'étais sûre qu'il t'appellerait, rétorqua Iris. Ça t'embêterait de... ?

Elle ne la laissa pas terminer sa phrase :

— Ça roule ! On y va quand ?

— Tu as quelque chose à faire cette nuit ? Vers 2 heures ?

Angela sourit à l'autre bout du fil.

— Tu es la fille la plus bizarre que j'aie jamais rencontrée, mais compte sur moi. Pour rendre service à une amie comme toi, ça vaut la peine de se coucher tard.

Iris finit de se préparer à toute allure tandis qu'un mot prononcé par Angela ne cessait de tourner dans sa tête : « amie ». C'était la première fois que quelqu'un la considérait ainsi et, sans savoir pourquoi, cela la rendait immensément heureuse.

Pirate, allongé sur le sol, laissait échapper de longs soupirs et la regardait du coin de l'œil, résigné. Il avait compris que, pour la nuit paisible en sa compagnie, c'était cuit.

Dans l'entrée, ses clés à la main, Iris se retourna pour lui lancer avec un sourire radieux :

— Souhaite-moi bonne chance.

Elle avait presque fermé la porte quand elle la rouvrit pour ajouter :

— Je ne vais pas rentrer de bonne heure. Je t'autorise à uriner sur ce vieux tapis affreux, comme ça, nous n'aurons pas besoin de l'emporter dans le nouvel appartement, lui dit-elle en lui caressant la tête.

Avant de descendre dans la rue, Iris jeta un dernier coup d'œil à son appartement et elle comprit que, de sa vie passée, les seules choses qu'elle souhaitait emporter dans ses cartons étaient ce chien si patient et sa pomme.

Il ne lui manquait plus qu'Olivier pour que tout fût parfait.

L'éternelle recherche
de la perfection

— Je me doutais bien que je te trouverais ici, dit Iris quand Olivier répondit à l'interphone de la fourrière. Si tu acceptes mes excuses, je t'invite à dîner.

— Bien sûr, princesse. J'arrive.

Olivier semblait abattu. Ses yeux étaient moins brillants que d'habitude et son sourire paraissait forcé.

— J'ai été stupide. J'étais si obstinée à chercher au loin que j'avais oublié que le bonheur pouvait se trouver tout près.

— Il y a un haïku de Fusei que j'ai noté à Osaka et qui m'a toujours beaucoup plu : « Cerisiers dans la nuit / Plus je m'éloigne / Plus je me retourne et les regarde. » Au fait, tu sais ce que c'est qu'un haïku ?

— Bien sûr ! répliqua Iris. J'en ai même écrit un.

Cela sembla amuser le vétérinaire. Son expression s'illumina quelque peu.

— Tu m'étonneras toujours ! Ça mérite une autre visite dans un restaurant japonais. Un endroit très particulier. Tu es prête ?

Olivier l'emmena dans le centre-ville, où ils garèrent la voiture au parking. Ils se faufilèrent ensuite dans les ruelles étroites de la ville secrète, celles que les touristes n'empruntaient jamais, là où même les riverains redoutaient de se rendre. Après un tournant, ils aperçurent une petite porte en bois toute simple, éclairée par une lanterne en papier rouge.

— C'est ici. Cet endroit n'a même pas de nom. Les propriétaires aiment que les habitués l'appellent *Himitsu*, ce qui signifie « secret ». Plus qu'un restaurant, c'est une confrérie cachée. Ici, nous nous connaissons tous.

À peine entrée, Iris comprit que ce lieu ne ressemblait pas aux autres. Olivier l'invita d'un geste à se déchausser et à poser ses chaussures près de la porte. Après quoi, il salua d'une légère révérence une Japonaise âgée qui se tenait dans le vestibule étroit. Ils continuèrent jusqu'à un petit salon où il n'y avait que trois tables en bois, dont une occupée par un autre couple.

Des estampes japonaises représentant l'océan déchaîné et le mont Fuji enneigé décoraient les murs.

— J'ai décidé de louer l'appartement que tu m'as montré, annonça Iris. À condition que l'offre de ton ami tienne toujours, bien sûr. Tu avais raison : c'est l'endroit de mes rêves.

Olivier prit son portable et appela son ami propriétaire. Deux minutes plus tard, elle avait l'appartement.

— Je t'aiderai à déménager, lui promit-il, enthousiaste. Je suis très bon pour ça !

Iris songea que c'était la deuxième personne en moins de deux heures qui lui proposait son aide pour une corvée aussi désagréable. Quelqu'un qui a deux amis disposés à l'aider à déménager ne peut plus prétendre être seul.

— Je n'emporterai presque rien, alors il n'y aura pas grand-chose à emballer. Je crois que je vais suivre le conseil que m'a donné la vieille montre.

Olivier eut l'air surpris.

Iris prit dans son sac la montre arrêtée sur 2 heures et la posa sur la table.

— Elle est magique. Elle marche et ne marche pas en même temps. Elle porte l'inscription : « Abandonne le passé et le présent démarrera. » C'est une vieille breloque très mystérieuse, tu ne trouves pas ?

Olivier approcha la montre de son oreille.

— Elle fait du bruit.

— Un bruit qui vient d'un autre monde, se rappela Iris.

— Ou peut-être d'un coin reculé de ce monde, comme le restaurant où nous nous trouvons.

La vieille dame qui les avait reçus à l'entrée posa sur la table deux soupes *miso* ainsi qu'une assiette remplie de gousses vertes.

— C'est de l'*edamame*, expliqua Olivier. L'amuse-gueule préféré des Japonais. On dirait des haricots verts, mais en réalité ce sont des fèves de soja. On n'en mange que l'intérieur.

Iris imita son compagnon. Elle prit une cosse et la pressa entre ses dents jusqu'à en extraire un haricot d'un vert luisant. Il était chaud et légèrement salé.

— Au Japon, les gens s'installent souvent devant la télé avec un bol rempli de ces légumes, poursuivit

Olivier en en mettant un dans sa bouche. C'est beaucoup plus sain que les pop-corn. Au fait, ne m'as-tu pas dit que tu avais trois bonnes nouvelles à m'annoncer ? Tu ne m'as donné que celle à propos de ton déménagement. Quelles sont les deux autres ?

— La deuxième, c'est qu'il ne me reste plus que deux points de ma liste à réaliser. Tu avais raison, la bière Ebisu m'a porté chance.

Olivier leva la main pour appeler la serveuse et lui demanda d'un ton enjoué :

— Nous avons besoin de toute urgence de deux bières Ebisu.

Après quoi il se tourna vers Iris et ajouta :

— Il faut porter un toast aux deux derniers vœux de ta liste. Qui sont ?

Iris remarqua que toute trace d'affliction avait disparu du visage d'Olivier. Il paraissait plus jeune que son âge, et lui rappelait presque le jeune homme qu'elle avait connu dans l'auberge de montagne de son adolescence.

Les bières firent leur apparition en même temps que deux gobelets en céramique de couleur sombre.

— Je dois encore me teindre les cheveux en rouge, dit Iris en riant.

Olivier leva son gobelet.

— Je bois donc à tes cheveux châtains dont les jours sont comptés, lança-t-il tandis qu'ils entrechoquaient théâtralement leurs verres et buvaient une gorgée. Quel est le dernier point ?

Iris baissa les yeux.

— Le dernier, je le garde pour moi. Quoique tu pourras peut-être le deviner.

— J'adore les secrets ! s'écria Olivier avec enthousiasme. Quand vas-tu me le révéler ?

Durant le reste du dîner, ils parlèrent de mille choses tout en savourant quelques *temaki* au saumon et de délicieuses tranches de thon cru. Quand on leur eut retiré le dernier bol, Iris s'exprima comme une experte en cuisine japonaise avant de lui adresser un clin d'œil :

— Il ne nous manque plus que le thé. La fin qui arrive inévitablement, comme la mort.

— Exactement.

À côté de deux bols rustiques, chacun d'une couleur différente, la femme posa sur la table une théière en fonte.

Olivier commença à remplir celui d'Iris tout doucement, tout en racontant :

— Savais-tu qu'au Japon, on considère qu'il faut la vie entière pour apprendre à mener à bien la cérémonie du thé ?

Iris leva les sourcils, étonnée.

— Le rituel peut se prolonger pendant quatre heures. Et ça ne comporte pas seulement le thé, il y a aussi une collation, une composition florale et un code de postures et de réponses des plus complexes. J'ai lu quelque part que l'inventeur de ce rituel a vécu au XVIᵉ siècle. Il devait avoir beaucoup de temps libre ! Un certain Rikyu, je crois, et on lui doit cette phrase qui résume la cérémonie : « Une rencontre, une occasion. » Ce maître affirmait que chaque fois que tu bois du thé en compagnie de quelqu'un, tu vis une occasion unique et très particulière, un événement qui ne se reproduira jamais deux fois de la même manière. C'est en ça que réside sa beauté.

— Seul ce qui est unique pourrait donc prétendre être beau ? J'en doute un peu.

— Tout est unique ! Si tu réfléchis bien, dans la nature, rien n'est parfait : la nature est asymétrique et possède une date de péremption. Rien n'est achevé, tout est constamment en train de mijoter dans la grande marmite de la réalité. Rien n'est fini en ce bas monde, et la beauté de la vie selon les Japonais, c'est l'art de l'imperfection. Ils appellent ça *wabi-sabi*. L'imparfait, le temporel, l'incomplet. Tout ce qui en vaut la peine est *wabi-sabi*.

— Je vois que tu n'as pas seulement étudié la science vétérinaire, à Osaka, s'exclama Iris, admirative. Donne-moi un exemple concret de *wabi-sabi*. Cette théière l'est-elle ?

— Plutôt ces deux bols, corrigea Olivier en montrant les deux récipients. Ils sont faits de terre naturelle. Leur surface est irrégulière et ils s'usent avec le temps, mais cela les rend encore plus beaux. Ils sont *wabi-sabi*.

— Comme ce dîner, susurra Iris.

Olivier la regarda dans les yeux, et ce fut comme si le temps s'était arrêté. Comme si soudain le monde entier vivait au rythme de la vieille montre, toujours posée sur la table. Le cœur d'Iris s'emballa. Elle eut la sensation merveilleuse que, en la regardant ainsi, Olivier lisait au fond de son âme et lui ouvrait la sienne.

— Tu te souviens de ce que je t'ai dit la dernière fois, quand je t'ai comparée à un bol de riz ? lui demanda-t-il. Je t'ai expliqué que celui-ci était précieux parce que naturel et doté d'une simplicité délicate, capable de s'imprégner des saveurs de la vie. Tu es comme le riz. Tu es *wabi-sabi*, princesse. *Wabi-sabi* à l'état pur.

Alors ils s'observèrent un long moment en silence, électrisés par l'émotion. Leur regard sembla les conduire au baiser. Le monde disparut pendant que leurs bouches se rapprochèrent l'une de l'autre. Lorsqu'ils se séparèrent, le cœur battant encore la chamade, Iris lui dit :

— J'ai quelque chose pour toi. C'est très simple, mais ça exprime ce que je ressens.

De son sac elle sortit une feuille de papier.

Olivier l'ouvrit et lut :

La plume à droite.
Le cœur à gauche.
Et toi partout.

— Le papier est froissé, remarqua Olivier en le tenant comme s'il s'agissait d'un trésor.

— Il a parcouru un long chemin avant d'arriver jusqu'à son véritable destinataire.

Sans lui laisser le temps de répondre, Iris se retourna pour l'embrasser de nouveau et ajouta :

— Je n'ai plus qu'un souhait à réaliser.

La vie est une voie à sens unique

Avant de tourner définitivement la page de cette étape de sa vie riche en découvertes et en émotions, elle devait encore se rendre une dernière fois dans un endroit très particulier.

Iris retrouva Angela au coin de la rue où se trouvait *Le plus bel endroit du monde est ici*. Elle avait beaucoup de choses à lui raconter, mais elle le ferait plus tard et se contenta de lui demander :

— Tu m'as bien dit que tu avais été coiffeuse, non ?

— Oui, c'est vrai.

— Est-ce que tu pourrais me teindre les cheveux en rouge ? Tu crois que ça m'irait ?

— Ça t'irait à ravir ! Quelle bonne idée. Demain sans faute, j'achète la teinture, promit Angela en ouvrant la porte du magasin à l'aide d'une grande clé rouillée.

Alors qu'Angela s'apprêtait à entrer, Iris la retint par le bras :

— Ça ne t'embête pas de me laisser entrer seule ? s'enquit-elle. J'ai besoin de revenir à…

— Inutile de me donner des explications, l'interrompit Angela. Surtout entre nous. Je t'attends ici. Si tu as besoin de moi, tu n'auras qu'à me siffler.

La vieille voûte n'était éclairée que par la lueur des réverbères extérieurs. Elle s'étonna encore de ne trouver aucun vestige du café où elle avait passé de si bons moments avec Luca, même si ses sentiments avaient changé.

La poussière crissait sous ses pas, dont l'écho ricochait sur les murs de la salle. Le magasin était aussi abandonné que la fois précédente, mais ce coup-ci elle n'y trouva aucune table, aucune tasse de chocolat chaud. Elle ne vit pas non plus l'étagère encombrée des paquets de « comptes non soldés ».

Iris s'arrêta au milieu de ce paysage désolé et attendit quelques secondes. Rien ne se produisit. Elle compta jusqu'à dix, vingt, cinquante, cent… Elle rechignait à repartir les mains vides. Puis elle se lassa de compter et se sentit un peu ridicule. L'obscurité s'estompait à mesure que ses yeux s'y accoutumaient. Le silence était aussi impénétrable que la dernière fois et seul le bruit minuscule qu'émettait sa montre magique parvenait à le rompre.

Tout à coup, elle se sentit déçue. Elle était venue pour des prunes. Il ne se passerait rien. Comme elle avait été bête de croire le contraire !

Iris jeta un coup d'œil autour d'elle en guise d'adieu, puis elle se dirigea vers la porte. Angela lui poserait certainement mille questions et elle n'aurait aucune réponse à lui fournir.

Sa main était sur le point de se poser sur la poignée lorsqu'une voix pénétrante la fit sursauter :

— As-tu découvert ce qui a toujours lieu dans le présent ?

Elle aurait reconnu cette voix entre mille. C'était celle du magicien. Sa chevelure blanche étincela soudain dans le noir.

— En plus de la magie ? demanda Iris, heureuse de le retrouver.

— Bien plus important que cela.

— Plus important que la magie ? Je ne vois que le bonheur.

— Bingo ! s'écria-t-il, tandis que résonnait au loin un bruit qui ressemblait à un tintement de cymbales. Mesdames et Messieurs, avant qu'elle ne nous quitte, je vous demande de faire une ovation à notre courageuse participante !

Il lui sembla à présent entendre des applaudissements au loin, tandis que le magicien exécutait une révérence des plus théâtrales et affichait un sourire radieux.

Iris se rappela ce qu'il lui avait dit : « Quant à nous, on se contente des applaudissements finaux. »

— Je suis revenue dans l'espoir de vous retrouver. Il m'a semblé vous apercevoir à l'hôpital. C'était vous, n'est-ce pas ?

— Nous sommes tous parfois obligés de nous rendre à des endroits qui nous attristent, répondit-il d'un ton solennel. On a beaucoup à apprendre de la tristesse aussi. En ce qui concerne ce café… tu es arrivée juste à temps. J'étais sur le point de partir.

— Où allez-vous ?

— N'importe où. Un illusionniste est toujours le

bienvenu. Notre art ne connaît pas de frontières, tu ne crois pas ?

— Je voulais vous remercier. Je pense avoir retrouvé Luca. Vous saviez qu'il était mort, n'est-ce pas ?

— Bien sûr, ma chère. La vie est une voie à sens unique.

— Vous saviez aussi que mes parents étaient partis sans me dire au revoir. Cela les empêchait de s'en aller pour de bon et, moi, d'être heureuse.

Le magicien souriait, comme si elle avait donné la bonne réponse.

— Je n'ai plus peur de la mort, dit Iris. Elle ne me semble pas aussi triste qu'auparavant.

— Ça signifie que tu y as réfléchi, et tant mieux. La mort n'est triste que pour ceux qui n'ont pas osé vivre.

— Et le meilleur dans tout ça, c'est que je n'ai plus peur de l'avenir non plus, ajouta-t-elle.

— *Abandonne le passé et le présent démarrera,* pas vrai ? C'est écrit noir sur blanc sur ta montre.

— Cela dit, il y a quelque chose que je ne comprends toujours pas et qui m'obsède.

D'un geste de la main, le magicien l'invita à poursuivre.

— Pourquoi le café n'est-il plus à sa place ? Je ne vois pas comment un endroit pareil peut disparaître aussi vite.

— Tu ne le comprends pas parce que tu ne te poses pas la bonne question, dit le magicien avec un calme olympien. La question n'est pas de savoir pourquoi il a disparu, mais pourquoi il se trouvait là la première fois que tu y es entrée.

Iris haussa les épaules pour signifier qu'elle ne saisissait pas. Tout cela lui semblait très confus.

— Tu te souviens du soir où tu as découvert *Le plus bel endroit du monde* ?

— Bien sûr. C'était un des soirs les plus tristes de ma vie. J'avais la tête farcie d'idées bizarres. Est-ce que tu vas t'inquiéter si je te dis que j'ai même songé à me suicider ?

— Non, bien sûr. Mes clients ont toujours ce genre d'idées en tête. C'est même pour cette raison qu'ils sont mes clients.

Iris médita une seconde, abasourdie par ce qu'elle venait d'entendre.

— Mais alors… *Le plus bel endroit du monde est ici* est…

— Un lieu de passage, continua le magicien. Autrement dit : une sorte de salle d'attente. Là où patientent ceux qui vont passer de l'autre côté. Les Grecs croyaient qu'après la mort tout le monde traversait un fleuve à bord d'une embarcation menée par un passeur expérimenté mais capricieux. Si on les prend au mot, le café serait la barque et moi le passeur.

— Tous les clients du café étaient donc…

— Tous les clients du café sont des voyageurs en transit. Ils étaient tous morts, oui.

— Et pourquoi n'ai-je pas retrouvé mes parents parmi eux ?

— Tout le monde n'est pas amené à attendre. Certains passent facilement de l'autre côté. De plus, si j'ai bien compris, ils ont envoyé Luca solder leurs comptes. Ils sont finalement partis en paix. Tout comme Luca, grâce à toi.

— Mais, moi, j'étais vivante.

— Oui, mais la vie avait cessé de t'intéresser. Tu as dit toi-même que tu voulais en finir avec elle.

— Êtes-vous en train d'insinuer que si je n'avais pas été tentée de me suicider, si j'avais eu des projets, envie de vivre, un nouvel appartement et quelqu'un avec qui le partager, le café ne serait jamais apparu ?

— Pas exactement. Je t'expose plutôt les raisons de sa disparition.

Au même instant commença à résonner une mélodie lointaine. Iris tendit l'oreille. Tant la musique que les paroles lui étaient familières, comme si elle les avait déjà entendues. Ou bien était-ce parce qu'elle avait l'impression qu'elles lui étaient adressées :

> *Heaven after heaven*
> *Our wings are growing*
> *This is such a perfect world*
> *When you're in love*[1].

— Le moment est venu pour moi de partir, conclut le magicien en se dirigeant vers la porte arrière du magasin.

— J'ai encore une chose à vous demander : racontez-moi le secret de la montre !

La voix du magicien lui parvint, lointaine.

— Elle n'a aucun secret, Iris. Laisse démarrer le présent.

La jeune femme essaya de distinguer sa silhouette dans le noir, en vain. Le magicien avait disparu et, cette fois, elle eut la certitude que c'était pour toujours.

Comme si elle voulait s'accrocher à ce qui lui restait

---

1. Un ciel après l'autre / Nos ailes poussent / Ce monde est si parfait / Quand on est amoureux. *(N.d.T.)*

de ce lieu et des gens qui l'avaient peuplé, Iris chercha la montre et l'examina.

C'est alors qu'elle s'en aperçut.

La trotteuse avait commencé à tourner dans le cadran.

Elle l'approcha de son oreille et entendit, émerveillée, le puissant tic-tac de la vie.

Le présent avait démarré.

Épilogue

Iris ouvrit les yeux alors que les rayons du soleil commençaient à peine à filtrer dans son nouvel appartement. C'était sa première matinée en ce lieu et elle n'y était pas encore habituée, pas plus qu'à la beauté de la mer qui renvoyait la lumière d'une journée toute neuve.

Elle avait rêvé de Luca. Tout de blanc vêtu, il avançait à travers une pièce très lumineuse. Il s'approchait d'elle, déposait un doux baiser sur ses lèvres et lui disait :

« – Grâce à toi je ne serai plus seul. Et toi non plus, car je serai désormais ton ange gardien. »

À son réveil, elle avait encore sur les lèvres la saveur aigre-douce de ce baiser. Elle se sentait mal à l'aise, comme si se souvenir de Luca était une sorte d'infidélité envers Olivier. Sa première pensée, en ouvrant les yeux, fut pour lui. Que dirait-il s'il apprenait le rêve qu'elle avait eu ? De quel œil verrait-il le fait que Luca soit de nouveau dans ses pensées pour lui déclarer qu'il veillait sur son bonheur ? Et si elle s'était en réalité trompée en prenant les dernières décisions ? Et si cet appartement n'était pas l'endroit où elle devait vivre ?

Quand Iris eut retrouvé un peu de paix, un délicieux parfum, reconnaissable entre tous, parvint jusqu'à ses narines. Sans bouger de son lit, elle observa les rectangles que dessinait la lumière au plafond en essayant de deviner l'origine de cette odeur. Elle ne chercha pas longtemps, car elle lui était familière : ça sentait bon le chocolat chaud.

Elle se leva d'un bond et regarda sa table de nuit. C'était là ! Une tasse de chocolat fumant, tout juste préparé, avec une inscription gravée sur la porcelaine.

Tandis que son cœur battait à tout rompre, elle lut sur la tasse :

LE PLUS BEL ENDROIT DU MONDE EST ICI

Remerciements

À Rocío Carmona, qui a édité ce livre avec enthousiasme et a donné vie au café magique.

Au Dr Eduard Estivill, pour nous avoir offert le récit du perroquet et pour tant d'années d'optimisme et d'amitié.

À Jaume Rosselló, père spirituel et éditeur de *Los viajes de Índigo*.

Au groupe Hotel Gurú, qui a donné une bande-son à de nombreux passages de cette histoire.

Aux lecteurs et lectrices que les histoires émeuvent et qui s'assoient avec nous aux tables des rêves.